Werner Klockow
Trotzdem schade, dass die Jugend vorbei ist

Bibliografische Information der Deutschen Bibliothek:
Die Deutsche Bibliothek verzeichnet diese Publikation
in der Deutschen Nationalbibliografie;
detaillierte Daten sind im Internet über
http://dnb.ddb.de abrufbar.

1. Auflage
© 2019 Werner Klockow
Kontakt: wernerklockow@gmx.de

Lektorat/Umschlag: Beate Schaefer, www.beate-schaefer.de
Umschlagfoto: LP-ZR-85, © Werner Klockow, 15.12.1978

Herstellung und Verlag:
Books on Demand, Norderstedt

ISBN: 9783749480227

Werner Klockow

Trotzdem schade, dass die Jugend vorbei ist

Roman

Inhalt

Karfreitag '77

– jetzt zwitschern sie schon, die Vögel, piepiepieptirilitirila, und ich vertippe mich andauernd auf der alten *Voss*-Schreibmaschine meines Vaters. Ich bin wieder in Lippstadt, hinter mir ein Sack voll verpasster Chancen.

Da bin ich also in Berlin gewesen, hab mit Lummi am letzten Abend ein reelles 10:10 ausgeflippert, in der *Hertha*, am alten, nostalgischen Gottlieb-Pinball-Wizard, und das war's dann auch für diesmal mit Berlin, husch zurück in die Einöde Deutschland West.

In der Transit-Raststätte noch Aus-Hackepeter-wird-Kacke-später für drei Mark zwölf.

Die Zigarette kokelt im Aschenbecher; eben war das Haus noch voller Leute, jetzt bin ich mit meinem besoffenen Kopf und dem Drang, was zu schreiben, allein.

Der Rest vom Schützenfest. Prost. Ich hatte nämlich ein langes Gespräch mit Lothar. Er war schwer in Fahrt: „Wir sind alles Konsumidioten. Die BRD ist ein totalitärer Staat, die Unfreiheit wird nur vertuscht, nämlich durch unseren eigenen überflüssigen Konsum. Das merken wir durch die ganze Manipulation schon gar nicht mehr. Die einzige Alternative zum Konsumidiotismus, zum Konsumterror, ist Konsumverzicht. Alle müssten sich zum Konsumverzicht entschließen. Dann ginge unser wunderbarer ‚demokratischer' Staat nämlich pleite. Es wird zu einer großen Wirtschaftskrise kommen. Die Arbeitslosenziffer wird auf eine nie erreichte Höhe klettern. Spätestens an diesem Punkt wird sich das wahre Gesicht unserer tollen BRD zeigen. C'est ça!"

Ich denke zurück an diese ziemlich merkwürdige Nacht, die ich ohne Furcht vor dem bitteren Ende, besoffen, aber wach, überstanden habe, ich denke daran, wie ich in Lisa voller Zärtlichkeit auf eine merkwürdige Art verschossen bin, ich denke daran, dass ich all die Leute, die hier waren, sehr gemocht habe.

Wir haben Theater gespielt, Lisa, Spirale und ich, zwei

Akte lang, obwohl die Story, die sich spontan entwickelte, gut für fünf Akte gereicht hätte. Eine wilde Wild-West-Geschichte, schöne Frau hin- und hergerissen zwischen zwei Männern, großer Showdown.

Ich glänzte durch Lautstärke, Deklamatorik und lange Monologe, was mir selber sehr gut gefiel, Spirale aber nicht so. Lisa kicherte die ganze Zeit. Ich werde mich am Ohnsorgtheater bewerben unter der Bedingung, dass ich jeden Abend betütert spielen darf. Aber dann ging die Schiebetür zwischen dem großem und dem kleinen Wohnzimmer kaputt, die die Grenze zwischen Bühne und Zuschauern markierte, und mit der Einbeziehung des Publikums klappte es auch nicht mehr so richtig.

(Dieses Gefühl ist wirklich unvergleichlich: wenn man die Nacht nicht geschlafen hat und das Glück hat, nicht auf einen Wohnblock oder eine Mauer gegenüber schauen zu müssen, und die Nacht zieht sich so langsam vor einem weg, und die Bäume bekommen mit der Zeit Äste, ein flacher Schuppen oder eine dampfende Wiese wird sichtbar – die reinste Idylle –, und kurz bevor es hell wird, ist zu hören, worauf man eigentlich gar nicht mehr gefasst ist: da singen die Vögel! Das reiht sich nicht ein in das, was man dann den ganzen Tag hört, in den ganzen Lärm – ein Vogelzwitschern, das man nach dem Aufwachen eh vergessen hat, vielleicht hat man auch gar nichts gehört, Tag und Gewohnheit haben's zunichte gemacht.)

Und die Freude darüber ist so stark, dass ich sie nicht in diesen hinterhältigen, abwertenden Klammern aus den Folterkammern der Interpunktion verdorren und verlottern lassen darf. Wahrscheinlich habe ich den schönsten Teil des Tagesanbruchs vor lauter interpunktionalistischen Problemen gar nicht mitgekriegt, und wenn ich jetzt aus dem Fenster schaue, ist alles schon so plattweiß, ich spüre in meinen Augen immer noch die lange Nacht, die das Draußen, den Tag, so fremd und so schmerzhaft erscheinen lässt; am besten wäre es, wenn gleich wieder alles von vorn losginge, die Nacht, das Leben, das gegen dieses Plattweiß des Tages sich auflehnende, vom Tag überschrieene Leben.

Schön ist, dass sich auch diesseits meines Fensters ein reges Vogelleben abspielt (natürlich nur im beschränkten Rahmen der Heimtierhaltung). Der pfiffige Wellensittich mit dem schiefen Schnabel hat seit längerem seine Aussichtswarte auf meinem Kopf bezogen; der andere, nicht ganz so helle Wellensittich, der uns einmal zugeflogen ist, sucht bang nach einem sicheren Landeplatz; er kann nicht richtig fliegen, versucht es aber trotzdem immer wieder. Inzwischen ist er zum Sessel geflattert, auf dessen Sitzfläche er sich niederlässt, und die er trotz der lockenden Rufe seines Mitwellensittichs nicht mehr zu verlassen gedenkt. Der pfiffige Wellensittich terrorisiert derweil die Schreibmaschine und beißt mir ins Ohr.

So. Schluss mit der verlogenen Idylle (ich habe sogar Topfblumen auf dem Fensterbrett)! Wenn heute nicht Karfreitag wäre, könnte ich sagen, dass sich gerade wieder zehn Millionen Lohnabhängige zu ihrer Fabrik abhetzen, falls sie nicht schon zu spät gekommen sind, jetzt, um viertel nach sechs.

Jetzt brüte ich schon ein paar Minuten über der Maschine und denke über meine Jugend nach. Eigentlich habe ich erst so etwa acht Jahre Jugend gehabt (wann geht eigentlich die Jugend los? so mit dreizehn würde ich sagen), aber die mit allem Drum und Dran (für mich hat's jedenfalls gereicht). Satte zehn Jahre Jugend liegen also noch vor mir, also lassen wir eventuell aufkommenden Weltschmerz.

Frühstück, Frühstück, Frühstück! Nichts mehr im Kühlschrank. Ich werde mich irgendwo einladen müssen. Ob ich einfach bei Lisa vorbeifahre? Oder schnell nach Aachen, zur anderen Lisa? Ach ja, so lange man jung ist – aber bis ich in Aachen bin, fühle ich mich sicher alles andere als jung. Werde ziemlich rotgefleckt im Gesicht sein und schläfrig.

Und wenn ich mich für ein paar Stunden hinlege und die Augen dann nicht mehr aufkriege, weil sie verklebt sind wie vorgestern in Berlin – nee. Die durchwachte Nacht büße ich besser in Lippstadt. Da weiß man, was man hat.

Langsam verliert der junge Morgen seine Reize; wenn ich eben noch von den Vogeltönen drinnen und draußen geschwärmt habe, geht mir der pfiffige Wellensittich jetzt durch seine Unermüdlichkeit auf die Nerven (ob er wohl sexuell frustriert ist? jedenfalls scheißt er mir gerade auf den Kopf), und draußen fallen ein paar müde Schneeflocken, die sich überlegen, ob sie schon in der Luft oder erst auf dem Boden zu Matsch werden.

Nicht, dass ich besonders hungrig wäre, ich könnte nicht sagen, dass meine Gedanken unentwegt ums Frühstück kreisten, es ist mehr das Alleinsein – verdammt noch mal! ich kann doch nicht den ganzen Morgen auf dieser Maschine rumhacken. Der eine Wellensittich hackt mir auf dem Kopf herum, der andere in die Steckdose – alles ist am Hacken –

So klappt denn der Fächer meiner Gedanken zusammen, schließen sich die wackelnden Pappmaché-Kulissen der Augsburger Puppenkiste, erschöpfen sich die Märchen aus Tausendundeiner Nacht, und wie gläserner Samt hebt sich der Tau von den zitternd-träumenden Grasspitzen.

Gutenachtgutenmorgengutentag!

Annegret

Schalke Bayern eins zu null

Am 11. Dezember 1971, einem Samstag, vier Tage vor meinem fünfzehnten Geburtstag, besiegte Schalke 04 Bayern München ziemlich sensationell mit eins zu null. Es passte gut, dass an diesem Abend im Evangelischen Jugendheim an der Brüderstraße eine große Fete stattfand. Ich durfte hingehen, obwohl das Brüderheim in den Augen meiner Eltern ein Sündenpfuhl war, Brutstätte von Linksradikalismus und freier Liebe. Mein Vater hoffte, dass „dieser alte Kasten" im Zuge der Stadtsanierung endlich abgerissen würde, was aber nicht geschah; im Gegenteil, das Brüderheim blieb als eines der wenigen erhaltenswerten Häuser stehen.

In den Taschen meines beigefarbenen Parkas steckten zwei Flaschen Bier, die ich aus unserem Keller geklaut hatte. Alkohol wurde im Brüderheim nicht verkauft, aber geduldet.

„Schalke Bayern eins zu null – Wahnsinn!" rief mir Hubertus Blanke vor dem Brüderheim entgegen. Hubertus ging mit mir in eine Klasse. Wegen seiner helmartigen Frisur sah er aus wie Prinz Eisenherz.

Annegret stand mit ihrer Freundin Sabine auf dem Treppenabsatz zur doppelflügeligen, ehemals repräsentativen Eingangstür. Beide rauchten.

Ottmar Kirsch, der Discjockey des Abends, fuhr mit seinem Garelli-Moped vor und drehte den Motor noch einmal kurz hoch, bevor er ihn ausmachte.

„Verzeihung die Damen, ich bin hier fremd – regnet's?" fragte er, während er abstieg.

Annegret und Sabine verdrehten die Augen.

„Hallo Annegret!" sagte ich.

Ich kannte Annegret flüchtig aus dem Tanzkurs. Sie war ungefähr ein Jahr jünger als ich und ziemlich klein, hatte aber einen erstaunlich großen Busen.

„Kommst du auch am Samstag?" hatte sie mich ein paar Tage zuvor gefragt, als wir uns zufällig am Büdchen gegenüber der Schule begegneten, wo es Waffelbruch und Fußballbildchen zu kaufen gab. Annegret trug einen schwarzen, knöchellangen Mantel, und mir fiel auf, dass ihre blonden, etwas schütteren Haare ziemlich fettig waren.

Auf der anderen Straßenseite schleppte sich gerade „Opa schwing die Krücke" vorbei, ein alter Mann, dessen Beine stark verkrümmt waren, vermutlich durch Kinderlähmung. Wir verspotteten ihn häufig, sangen auf die Melodie von *Frère Jacques* „Opa schwing die, Opa schwing die, Opa schwing die Krücke" hinter ihm her und freuten uns, wenn er uns beschimpfte.

„Samstag? Ja – mal sehen", sagte ich.

„Also dann – bis Samstag", hatte Annegret geantwortet.

„Saubande!" schrie „Opa schwing die Krücke" gewohnheitsmäßig zu uns hinüber, obwohl wir diesmal gar nichts gemacht hatten.

Die Fete fand in den beiden vorderen Räumen des Jugendheims an der Brüderstraße statt. Sofas, Tische und Stühle waren an die Wände gerückt, damit genügend Platz zum Tanzen war. Ein paar Tropfkerzen, die in bauchigen, bastüberzogenen Weinflaschen steckten, funzelten.

„Fasten seat belts – Hully Gully fährt jetzt rückwärts!" röhrte Ottmar Kirsch ins Mikrofon. „Tempotempotempooo!" Er hatte *Peace Planet* von *Ekseption* aufgelegt und vollführte nun auf der Tanzfläche eine Art Kasatschok, damit der Abend in Schwung kam. Über dem Plattenspieler blinkten aufgeregt drei bunte Glühbirnen.

Annegret und Sabine, die um einiges größer und auch schlanker war als ihre Freundin, saßen nebeneinander und warteten, dass sie zum Tanzen aufgefordert wurden. Im November hatte der Tanzstunden-Abschlussball stattgefunden, dessen Rituale ich albern fand, besonders die so genannte Schwiegermuttertour, wenn die Jungens die Mütter ihrer Tanzstundendamen auffordern mussten. Meine Tanzstundendame war nicht etwa Annegret gewesen, sondern Cornelia, eine Pfarrerstochter, die ich, ebenso wie ihre Mutter, nicht besonders mochte. Der Ball war ungefähr einen Monat her. Jetzt versuchte ich, mit einer schiefen Verbeugung dieses Aufforderungsritual zu karikieren.

„Soll ich bitten?" sagte ich zu Annegret.

„Häh?" machte Annegret.

Sie zögerte, denn ihre Freundin Sabine hatte noch keinen Tanzpartner, und ohne Sabine wollte sie nicht tanzen.

„Darf ich bitten?"

Hubertus Blanke stand vor Sabine und machte eine ähnlich ungelenke Verbeugung wie ich.

„Ja, bitte gern", sagte Sabine.

Hubertus tanzte mit todernster Miene. Er machte kleine, stampfende Ausfallschritte nach links und nach rechts, die Arme hielt er angewinkelt, seine Hände waren zu Fäusten geballt.

Ich bemühte mich, möglichst weich in Knien und Hüften zu sein und meinen Blick irgendwo ins Nirgendwo zu richten. Trotzdem sah ich, dass Annegrets Pullover hochgerutscht war und ihren Bauchnabel freigab.

Nach zwei oder drei schnellen Nummern spielte Ottmar Kirsch *Nights in White Satin* von *Moody Blues*; Gelegenheit zum ersten zaghaften Engtanzversuch. Ich legte meine Hände auf Annegrets Hüften, worauf sie unverzüglich ihre Hände um meinen Nacken schlang. Hubertus traute sich noch nicht, und weil auch Sabine nicht die Initiative ergriff, tanzten die beiden in absurd verlangsamten Bewegungen jeder für sich weiter und sehnten das nächste schnelle Stück herbei. *Johnny B. Goode* von Chuck Berry brachte jedoch nur kurzfristige Entlastung, denn danach legte Ottmar Kirsch *Softly whispering I love you* auf.

Annegret lehnte ihren Kopf an meine Brust, ich streichelte über ihr Haar, das nach Grüner-Apfel-Shampoo roch und gar nicht mehr fettig war; mit der anderen Hand arbeitete ich mich langsam unter Annegrets Pullover. „Softly whispering ..." der Chorgesang von *The Congregation*, gestützt von einer kräftigen Basslinie, schien aus Engelssphären zu kommen.

Dann jedoch machte es „Dumdum-dumdumdum", und *I can get no Satisfaction* trieb uns erbarmungslos auseinander. Wir brüllten „He-he, he-he!" und schleuderten unsere Fäuste in die Höhe. Ottmar blieb bei den *Rolling Stones*, spielte *Sympathy for the devil*, sehr, sehr lang, und dann noch einmal Chuck Berry, *Maybellene*.

Endlich kam die Erlösung: „Dumdumda-dadumdumda dummm-daah – je t'aime", wir durften wieder zueinander; Erlösung, aber auch Überforderung, denn so weit, wie es das Gestöhne von Serge Gainsbourg und Jane Birkin nahelegte, würden Annegret und ich vermutlich nie kommen.

Wir standen eng umschlungen, bewegten uns kaum noch, ebenso wie Hubertus und Sabine, die seit *Softly whispering ...* mit uns gleichgezogen hatten. Jane Birkin produzierte seltsame hohe Töne, ich beugte mich zu Annegret hinunter, und wir küssten uns, etwas früher als Hubertus und Sabine.

Es war mein erster Kuss. Ich hatte trotz einiger Mutmaßungen, die ich mit meinen Klassenkameraden angestellt hatte, keine Ahnung, wie das genau ging, und war sehr überrascht von dem Ungestüm, mit dem Annegret mit ihrer Zunge in meinem Mund herumfuhr. So also funktionierte Küssen. Dann musste ich wohl, überlegte ich, nun auch mit meiner Zunge in ihren Mund. Ich tat es, wusste nicht richtig, wohin mit meiner Spucke, versuchte, mir das Gefühl zu beschreiben, das mich ergriff, und fand es am ehesten vergleichbar mit einer Achterbahnfahrt.

Annegret und ich hatten die Tanzfläche verlassen; wir knutschten nun auf einem der alten Sofas, und ich traute mich sogar, ihren Busen zu berühren. Meine Erektion störte nicht weiter, weil wir die ganze Zeit saßen. Ottmar Kirsch zwinkerte mir zu, als wüsste er, dass er an diesem Abend einige gute Werke getan hatte, zeigte auf Annegret und spielte noch einmal *Softly whispering I love you.*

„Das ist nämlich mein Lieblingslied", flüsterte sie mir ins Ohr.

Ich machte die zweite Flasche Bier auf, und wir tranken sie zusammen. Meine Erektion ließ allmählich nach.

„Bringst du mich noch zum Bahnhof?" fragte Annegret. „Um halb zehn geht mein Zug."

Annegret und Sabine waren „Fahrschülerinnen", sie wohnten beide in Belecke am Rand des Sauerlands und mussten jeden Tag mit der *Westfälischen Landeseisenbahn* nach Lippstadt zur Schule fahren.

Die Party war sowieso bald vorbei, spätestens um zehn würde Schluss sein. Ich grüßte noch einmal zu Ottmar Kirsch hinüber, und dann gingen Hubertus mit Sabine und ich mit Annegret Arm in Arm durch die menschenleere Lange Straße zum Bahnhof. Ich war sehr verwirrt. Hatte ich jetzt eine Freundin?

Der Zug nach Belecke wartete schon, Annegret und Sabine stiegen in einen der altertümlichen grünen Waggons.

„Also tschüss, bis bald, Sabine", sagte Hubertus.

„Tschüss, bis bald, Annegret", sagte ich.

„Ja, tschüss bis bald", antworteten auf der Plattform stehend Annegret und Sabine.

Der Schaffner pfiff, stieg als letzter ein, schmiss die Waggontür zu, und der Zug fuhr ab.

„Schalke Bayern eins null war ja schon toll", meinte Hubertus. „Und jetzt auch noch das. Mann, hab ich'n Harten gehabt. – Haste mal 'ne Fluppe?"

Ich zückte eine halbvolle Schachtel Atika, die ich von Tante Emmi hatte mitgehen lassen. Tante Emmi, die Schwester meiner Mutter, wohnte bei uns oben im Haus. Ich leistete ihr manchmal abends beim Fernsehgucken Gesellschaft.

„A-ti-ka", buchstabierte Hubertus angewidert. „Die sind total parfümiert."

„Nobody zwings you."

„Gib schon her."

Hubertus fingerte sich eine Atika aus der Packung. „Haste Feuer?"

Ich reichte ihm mein rotes Feuerzeug, das nicht mehr richtig funktionierte. Es dauerte, bis Hubertus seine Zigarette zum Glühen gebracht hatte.

„Total parfümiert, sag ich doch!"

Hubertus hustete.

Ein paar Meter von uns entfernt stand an der Bahnsteigkante ein Mädchen mit langen dunklen Haaren, das auf die Gleise starrte.

„Kennst du die?" fragte ich Hubertus.

„Nö", antwortete er. „Oder wart mal – die war doch mal mit Ottmar Kirsch zusammen. Juliane heißt die, glaub ich."

Ich riskierte einen Blick in Richtung des Mädchens. „Die sieht ganz nett aus", meinte ich. „Aber auch irgendwie traurig."

„Wollte sich vielleicht vor den Zug schmeißen." Hubertus zog an seiner Atika. „Aber der ist ja nun gerade weg."

Er schnippte die halbgeraucht Zigarette ins Gleisbett. „Bäh. Schmeckt nicht. Geht doch nichts über 'ne anständige Reval."

Das Mädchen wandte sich um, kam auf uns zu, schaute uns kurz an – ihre Augen waren braun –, betrat die Unterführung zum Bahnhofsgebäude und hob, als sie die ersten Stufen hinabstieg, die Hand zu einer halb grüßenden Bewegung. Dann verschwand sie im Tunnel.

„Juliane …", sagte ich.

„Du kriegst den Hals auch nicht voll", meinte Hubertus. „Jetzt mach erstmal Annegret. Komm, wir hauen ab!"

Große Pause

„Ich hab was für dich."

Viktor Biallas zog einen Brief aus der Tasche seiner braunen Lammfelljacke. Es war der Montagmorgen nach der Fete im Brüderheim, regnerisch und kalt. Wir standen fröstelnd in der zugigen Raucherecke am Rand des Schulhofs.

„Hier, von Annegret."

Viktor Biallas sah aus wie der Sänger Danyel Gérard, der gerade seinen großen Hit *Butterfly* gelandet hatte. Er war, weil er ein paar Mal sitzengeblieben war, mit Abstand der Älteste in unserer Klasse und hatte schon einen richtigen Bart.

„Schönen Gruß soll ich auch sagen."

Der Briefumschlag war klein und zartgrün. Mein Herzschlag verdoppelte sich.

„Wie – von Annegret?"

„Hat sie mir vorhin im Zug für dich gegeben."

Jetzt begriff ich: Viktor Biallas war auch „Fahrschüler", fuhr wie Annegret jeden Morgen mit der *Westfälischen Landeseisenbahn* zur Schule, nur dass er es nicht so weit hatte wie sie. Er wohnte in Anröchte, ein paar Kilometer vor Belecke.

Annegret hatte mir einen Brief geschrieben, einen Brief in einem hellgrünen Kuvert, und sie hatte auch genau gewusst, wie dieser Brief zu mir kommen sollte.

Den Sonntag über hatte ich kaum an sie gedacht. Ich war fast den ganzen Tag im Bett geblieben. Ein widerlicher Kater hockte auf mir: am Samstagabend, nachdem ich Annegret zum Bahnhof gebracht hatte, war ich noch zu Tante Emmi hochgegangen. Sie verfügte über nahezu unerschöpfliche Alkoholvorräte; ihr Angebot, einen Dujardin oder zwei mit ihr zu trinken, nahm ich gern an.

„Willste nicht lesen?" fragte Viktor.

Der Pausengong ertönte.

„Später", sagte ich.

Im Deutsch-Leistungskurs würde ich genügend Zeit und Muße haben, mich mit Annegrets Brief zu beschäftigen.

Eckard Nolte

„Guten Morgen, meine Herren!" rief Eckard Nolte bestens gelaunt in die Klasse und fügte, eine Verbeugung andeutend, katerhaft-schnurrend hinzu: „Guten Morgen, meine Damen!"

Wir hatten, obwohl wir eigentlich ein reines Jungensgymnasium waren, zwei Mädchen in der Klasse, Jutta Meier und Marianne Zeisig, Folge einer verwickelten, nur in Teilen gelungenen Schulreform.

Nolte nahm am Lehrertisch Platz. Er öffnete seine Aktentasche, was ihm schwer fiel, denn er hatte an der rechten Hand nur drei Finger, die beiden anderen waren ihm im Krieg abgefroren. Aus der Tasche zog er ein Brillenetui sowie ein schmales Taschenbuch, nahm die Brille aus dem Etui, putzte sie, setzte sie auf, blickte über den Brillenrand hinweg auf seinen sich im u-förmigen Gestühl des Klassenzimmers lümmelnden, zwanzigköpfigen Deutsch-Leistungskurs und sagte dann: „Ich sehe große Begeisterung in Ihren Gesichtern. Aber Montagmorgen ist es immer ein wenig schwierig. Das geht mir genauso. Ich habe dafür volles Verständnis."

Nolte war ein Feingeist mit großer Hingabe an neue Literatur. Er stand kurz vor der Pensionierung und sah es im Grunde nicht mehr ein, sich vor pubertären, desinteressierten Rüpeln, wie wir sie zweifelsohne waren, zum Narren zu machen. Manchmal, wenn er auf Fragen, die er stellte, keine Antwort bekam, schwieg er seine Klasse minutenlang an, um schließlich festzustellen: „S i e haben keine Lust, i c h habe keine Lust – beschäftigen Sie sich bitte selbst, ich gehe ins Lehrerzimmer, Zeitung lesen. Guten Tag!"

Griff nach seiner Aktentasche und verließ den Raum.

Ein paar Wochen zuvor, am „Tag des offenen Unterrichts", hatte Frau Dr. Espenhain, Chefarztgattin und Vorsitzende der Elternpflegschaft, mit ernstem Inquisitionsblick hinten in der Klasse gesessen. Ihr war zu Ohren gekommen, dass Noltes Literaturleidenschaft insbesondere Texten galt, die sich mit der menschlichen Sexualität in all ihren Spielarten befassten.

Nolte lächelte Frau Dr. Espenhain freundlich an. „Eigentlich wollten wir uns ja weiter mit Grillparzers *Weh dem der lügt* beschäftigen", sagte er dann. „Aber zur Feier des Tages lese ich Ihnen heute ein Stück aus Henry Millers *Opus pistorum* vor. Sehr bemerkenswertes Buch."

Nolte konnte ausgezeichnet vorlesen. Er trug eine Passage vor, in der Henry Miller den Unterschied zwischen traurigen und lustigen Mösen beschreibt. Noch am selben Nachmittag hängte sich Frau Dr. Espenhain ans Telefon, um die Elternschaft gegen „Graf Porno" zu mobilisieren. Das nämlich war Noltes Spitzname an der Schule. Aber kaum jemand regte sich auf. „Ach ja, der olle Nolte – so ist er eben", sagten die meisten. Auch meine Mutter ließ sich nicht vor Frau Dr. Espenhains Karren spannen. „Der ist doch sowieso bald weg", meinte sie.

Nolte hielt das Taschenbuch hoch, das er gerade aus seiner Aktentasche geholt hatte. Auf dem Einband war eine fette Katze mit einem Ritterkreuz um den Hals zu sehen.

„*Katz und Maus.* Günter Grass. Sie erinnern sich? Ich schlage vor, dass wir da weitermachen, wo wir in der vergangenen Woche aufgehört haben. Ende zweites Kapitel, glaube ich. Wer möchte vorlesen?"

Niemand meldete sich.

„Sie vielleicht, Herr Klockow?" wandte sich Nolte an mich.

„Danke, im Moment nicht", antwortete ich. Ich hatte Wichtigeres zu tun.

„Schade", meinte Nolte. „Herr Blanke, haben Sie Lust?"
„Lust? Naja. Aber gut – wenn's der Wahrheitsfindung dient." Hubertus Blanke tat so, als müsse er ein Gähnen unterdrücken, und kramte aus dem uringelben einstigen Gasmaskenbeutel, der ihm als Schultasche diente, sein *Katz und Maus*-Exemplar hervor.
„Hab's zufällig dabei."
„Welch glückliche Fügung. Bitte, Herr Blanke!"
Hubertus begann zu lesen.
Annegrets Brief steckte in der Gesäßtasche meiner Jeans. Ich musste den Hintern ein wenig anheben, um ihn herausziehen zu können. Ich riss eine Ecke des Kuverts ab und perforierte den Umschlag mit dem Zeigefinger. Das Briefpapier war ebenfalls zartgrün, mit einer undeutlichen, bräunlichen Hintergrundzeichnung, die vielleicht Blumen oder Blätter darstellte. Annegrets Schrift war klein, geduckt und rundlich.

„Mein lieber Werner!
Ich sitze in meinem Zimmer, es ist jetzt genau viertel nach fünf. Im Radio läuft gerade *Softly whispering I love you*. Das Lied ist wirklich spitze. Immer wenn ich so dasitze und das Lied höre, werde ich ganz melancholisch. Ich wünsche mich dann ganz weit weg, irgendwohin, wo mich niemand kennt. Das Schlimme ist aber, dass ich nicht zeigen darf, wie ich mich gerade fühle. Das hat auch mit Dir zu tun. Denn seit gestern muss ich immer an Dich denken. Das hört sich vielleicht albern an, aber es ist so. Wir können uns ja mal wieder treffen. Am Mittwoch habe ich die fünfte und sechste Stunde frei. Ich bin dann im *Submarine*. Vielleicht bist Du ja dann auch da. Oder sage Viktor Bescheid. Du kannst mir aber auch schreiben.
Bis hoffentlich bald.
Deine Annegret."

Ich hielt den kleinen, zartgrünen Brief wie ein interessantes Insekt zwischen den Fingerspitzen, guckte nach links und nach rechts, versuchte, möglichst gleichmütig zu erscheinen, als sei es das Normalste von der Welt, im Deutschunterricht Liebesbriefe abzuarbeiten, von denen ich wahrscheinlich noch ein paar weitere in der Schultasche hatte.

„Die Boote ‚Rys', – äh – ‚Zbik' und ‚Semp' ließen sich in Schweden internieren. Bei Kriegsanbruch lagen in den Häfen Gdingen, Putzig, Heisternest und Hela nur noch ein veralteter französischer Kreuzer sowie der Minenleger ‚Gryf' …" Hubertus Blanke hangelte sich mühsam durch den Text. Nolte linste mich über seine Brille hinweg an und zog amüsiert die Augenbrauen hoch.

Annegret wollte mich wiedersehen, im *Submarine*. Das *Submarine* war tagsüber Café und abends Diskothek. Es war die Domäne von älteren Schülern wie Viktor Biallas, ich selbst war bisher nur einmal dort gewesen. Dass Annegret, die höchstens vierzehn war, schon im *Submarine* verkehrte, erstaunte mich.

Hubertus Blanke war am Beginn des dritten Kapitels von *Katz und Maus* angelangt. Den Danziger Jungs, die Tauchgänge ins Wrack des polnischen Minensuchboots *Rybitwa* unternahmen, ansonsten nackt auf dem Deck herumhingen und nichts oder nur ganz wenig mit sich anzufangen wussten – diesen Jungs hatte sich ein Mädchen namens Tulla Pokriefke angeschlossen.

„Tulla bestand aus Haut, Knochen und Neugier." Hubertus las nun ein wenig flüssiger. „Ruhig, über gestütztem Kinn, guckte sie zu, wenn Winter oder Esch nicht mehr drum herum kamen, ihren Obolus – Obolus? Was soll das denn sein?"

„Eine Art Spende. Ursprünglich ein kleines Geldstück", erläuterte Nolte.

„– ihren O-bo-lus zu entrichten", fuhr Hubertus zunehmend interessiert fort. „Mit durchtretender Wirbelsäule hockte sie Winter, der immer sehr lange brauchte, gegenüber und maulte: ‚Mensch, das dauert aber!'"

Nolte unterbrach. „Fräulein Zeisig – danke, Hubertus – Fräulein Zeisig, würden Sie uns die Freude machen und weiterlesen?"

Marianne Zeisig war ein schmales, schüchternes Mädchen, ganz im Gegensatz zur derben, breithüftigen Jutta Meier, die nicht besonders hübsch war, aber sehr versiert wirkte. „Die hat bestimmt schon mal!" war Hubertus Blanke überzeugt.

„Ich?" fragte Marianne und räusperte sich.

„Seite zweiunddreißig, zweiter Absatz. Bitte."

Marianne begann zu lesen, sehr leise; ihre Stimme klang rau, als habe sie an diesem Tag noch nicht gesprochen. „Als das – Zeug endlich kam und auf den Rost klatschte …"

Mariannes Augen weiteten sich.

„Nur zu!" ermunterte sie Nolte. „Und vielleicht ein wenig lauter!"

„… stand Tulla leicht x-beinig darüber und begann mit beweglichem großen Zeh darin zu rühren, bis es rostrot schäumte …"

„Ein schönes Bild", fand Eckard Nolte.

„Mahlke pellte sich die Badehose bis zu den Knien herunter." Mariannes Stimme war kaum noch zu hören. „Tullas immer zerkratzte Hände wirkten verloren an jenem – Ding, das unter prüfenden Fingerkuppen Umfang gewann, Geäder schwellen und die – Eichel anlaufen ließ. ‚Mindestens dreißig Zentimeter!' flüsterte jemand …"

Marianne schwieg. Ihr Blick blieb starr in das Buch gerichtet.

„Fräulein Zeisig! Fräulein Zeisig –? Möchten Sie nicht mehr? Schade. Sie gestatten dann, dass ich weiterlese?"

Nolte schob sich die Brille zurecht. „Dreißig Zentimeter – stattlich, stattlich!" murmelte er, während er im Buch die Stelle suchte, an der er einsetzen wollte.

„Kaum hatte Mahlke die erste Ladung über die Reling gespritzt, begann er gleich wieder von vorn. Er wurde genauso viel los wie beim ersten Mal. Wir lachten überdreht, als sich die Möwen auf jenes in der See schlingernde Zeug stürzten und nach mehr schrien."

Nolte hob seine verstümmelte Hand. „Zweimal hintereinander, meine Herren! Zweimal!" Das Zeichen, das er markierte, ähnelte eher einer Einskommafünf. „Ohne abzusetzen! Eine ganz außerordentliche Leistung, finden Sie nicht, Fräulein Meier?"

Jutta Meier wiegte kennerisch den Kopf. „Ja, das ist schon …"

„„Die Möwen schrien nach mehr"", zitierte Nolte. „Wie poetisch! Und, nicht zu vergessen – der junge Mann kam gerade aus dem kalten Wasser!"

„Das ist dann – glaube ich – nicht so einfach", sagte Jutta Meier.

„Darf ich mal auf die Toilette?" fragte Marianne Zeisig mit erstickter Stimme.

„Aber sicher!" rief Nolte fröhlich. „Jede menschliche Regung ist mir im Unterricht willkommen."

Marianne Zeisig lief, sich ein Tempotaschentuch vor Mund und Nase haltend, an ihren grinsenden Mitschülern vorbei aus dem Klassenzimmer.

Ich hatte immer noch Annegrets zartgrünen Brief in der Hand.

War ich verliebt? Aus bestimmten Diskussionen im Philosophiekurs wusste ich, dass es „Liebe" eigentlich gar nicht gab, sondern allenfalls eine lächerliche, hormonell ausgelöste Sinnestäuschung, die den Zwang zur Fortpflanzung verklären sollte. Sobald das erledigt war, wurde aus der so genannten Liebe Gewohnheit und Langeweile – an unseren Eltern konnten wir doch wunderbar beobachten, wie Liebe gewöhnlich endete.

Aber dafür, dass ich wahrscheinlich nicht verliebt war,

oder, wenn doch, nur einer verlogenen Ideologie aufgesessen war, ging mein Puls ziemlich schnell.

Submarine

Am Mittwoch hatte ich Geburtstag. Ich wurde fünfzehn. Meine Eltern hatten im Wohnzimmer einen kleinen Gabentisch aufgebaut, auf dem eine Schachtel Roth-Händle Filter und ein neues Feuerzeug lagen. Eine Kerze brannte. „Herzlichen Glückwunsch, Sohn. Bessere dich!" sagte meine Mutter.

„Vielen Dank", sagte ich.

„Schau doch mal in den Briefumschlag!" forderte mich mein Vater auf. Ich hatte das Kuvert übersehen, weil die Zigarettenschachtel auf ihm lag. Im Kuvert befand sich ein Fünfzigmarkschein.

„Oh – nochmals vielen Dank!" sagte ich.

Dann ging ich zur Schule.

Annegret hatte ich über Viktor Biallas ausrichten lassen, dass ich wahrscheinlich an diesem Vormittag ins *Submarine* käme. Dazu musste ich die fünfte Stunde blau machen. Das gönnte ich mir an meinem Geburtstag.

Das *Submarine* lag direkt an der Lippe und war Pop-Art pur. Gerade Linien waren tabu. Über den Fenstern, eigentlich nur in Spanplatten gesägte ovale Gucklöcher, wölbte sich der psychedelisch-verspielte Schriftzug *Submarine*. Das Farbspektrum setzte sich zusammen aus Schwarz, Weiß und Knallorange; durchs Innere des Lokals schwang sich, umgeben von erkerartigen Sitzabteilen, das Halbrund des Tresens.

Ich fand Annegret nicht gleich. Sie saß mit Sabine im hintersten Erker, der beinahe wie eine Gondel über dem Wasser der Lippe hing.

„Hallo!" sagte ich.

„Na du?" sagte Annegret.

Ich hätte mich gern neben sie gesetzt, aber da saß schon Sabine, und auf der anderen Seite der schaumstoffgepolsterten Sitzbank war kein Platz mehr.

„Stück mal'n Rück", sagte Annegret. Sabine rutschte ein paar Zentimeter weiter in die Mitte der Sitzbank. Mit ihr und Hubertus war es übrigens schon wieder aus. „Hat sich erledigt", hatte er geantwortet, als ich ihn, bevor ich ins *Submarine* ging, fragte, was mit Sabine sei.

Ich setzte mich. Aus dem Schaumstoff unter mir entwich Luft. Annegret berührte flüchtig meine Schulter. Sabine drehte an ihrem Fingerring. Wir schwiegen.

„Was kriegst du?"

Die Kellnerin des *Submarine* stand vor unserem Sitzabteil. Ihr Gesicht war rund und uneben; es erinnerte an einen narbigen, braunen Fußball, an dem blonde Haare hingen.

„Eine Cola bitte."

Die Kellnerin ging.

„Zicke zacke Hühnerkacke", sagte Annegret. Sabine spielte mit ihrem Ring.

Die Cola kam. Sie schmeckte abgestanden.

„Ich habe übrigens heute Geburtstag", sagte ich.

„Geburtstag? Heute? Du? Herzlichen Glückwunsch!" Annegret rückte an mich heran und tätschelte meinen Oberschenkel.

„Herzlichen Glückwunsch!" sagte auch Sabine.

„Ich hab aber leider kein Geschenk", meinte Annegret.

„Macht nichts."

„Sollen wir was singen? Viel Glück und viel Segen?"

„Nee, braucht ihr nicht."

Annegret legte ihren Arm um meine Schulter und küsste mich, nicht ganz so heftig wie ein paar Tage zuvor im Brüderheim, aber immerhin. Sabine schaute zu.

„Du bist ganz schön süß", sagte Annegret.

Wir knutschten. Ab und zu löste sich Annegret von mir und tuschelte mit Sabine. Irgendwann zog sie etwas aus ihrer Jeansjacke, das aussah wie ein kleiner weißer Finger. Anschließend verschwanden die beiden für quälend lange Minuten auf der Toilette.

Um viertel vor eins sagte Annegret: „Wir müssen langsam aufhören. Um halb zwei geht mein Zug. Bringst du uns noch zum Bahnhof?"

Ich zückte mein Portemonnaie, um meine und Annegrets Cola zu bezahlen, und fand außer einigen kleinen Münzen nur den Geburtstags-Fünfzigmarkschein.

„Spinnst du?" schimpfte die Kellnerin. „Den kann ich nicht wechseln."

Annegret hatte ein Markstück und ein paar Zehnpfennig-Münzen; zusammen mit meinem bisschen Kleingeld langte es für unsere zwei Cola. Sabine zahlte für sich selbst.

Im Schülergewimmel auf dem Bahnsteig verabschiedeten wir uns.

„Tschüss, du."

Ein letzter Kuss. Sabine schaute zu.

„Tschüss."

Viktor Biallas winkte mir lässig zu und machte das Daumen-hoch-Zeichen.

Auf dem Nachhauseweg hatte ich ein stechendes Gefühl in der Magengegend, das ich auf meinen Hunger, aber auch auf den intensiven Speichelaustausch mit Annegret zurückführte, mit dem mein Immunsystem erst einmal fertig werden musste.

Miteinander gehen

Ich hatte nun offensichtlich eine Freundin. Annegret und ich gingen miteinander. „Miteinander gehen" bedeutete, dass man miteinander ging. Oder miteinander saß. Wir gingen, wenn wir beide die sechste Stunde frei hatten – manchmal auch die fünfte u n d sechste Stunde –, die Lange Straße rauf und runter, wobei meine Hand auf ihrer Hüfte und ihre Hand auf meiner Hüfte lag. Neben uns her ging Sabine. Wir saßen im *Submarine* oder manchmal auch im *Café Spiekermann* und knutschten. Neben uns saß Sabine. Britta, die Kellnerin im *Submarine*, hatte immer schlechte Laune. Aber sie ließ uns, nachdem wir einmal etwas bestellt hatten, in Ruhe. Fräulein Gallenkemper im *Café Spiekermann* führte ein strengeres Regiment. Sie war ungewöhnlich groß und hager und hatte ihre Haare hochgesteckt, was sie noch größer erscheinen ließ. Unter ihrer blütenweißen Servierschürze trug sie einen schwarzen Rollkragenpullover. Wenn wir uns im *Café Spiekermann* zu lange an einer Cola festgehalten hatten, stand Fräulein Gallenkemper irgendwann vor unserem Tisch und fragte in einem Ton, der sowohl Langeweile als auch beginnende Ungeduld ausdrückte: „Darf es noch was sein?" Und wenn wir schüchtern antworteten: „Nein danke, im Moment nicht", sagte sie sanft: „Dann solltet ihr langsam mal zahlen." Wenn wir dann immer noch sitzen blieben, kam sie nach kurzer Zeit zurück und verkündete: „Ihr geht jetzt, glaube ich." Und ihre hohe, magere Gestalt warf einen Schatten auf unseren Tisch.

Ab und zu telefonierten Annegret und ich nachmittags miteinander. Ich rief sie nur an, wenn meine Eltern nicht zu Haus waren – ich wollte nicht belauscht werden – und hoffte jedes Mal inständig, dass in Belecke sie ans Telefon gehen würde und nicht ihre Mutter.

Unser Telefon stand auf einem kleinen Tischchen unten im Flur; es war mir sehr unangenehm, wenn ich das Klingeln in meinem Zimmer hörte und meine Mutter kurz darauf mit hoher Stimme hinaufrief: „Werner, für dich. Diese – Annegret."

Das extrem kurze Kabel nagelte mich auf dem Hocker neben dem Telefontischchen fest, ich fühlte mich belauert und belauscht, mein Elternhaus schien tausend Ohren bekommen zu haben.

Manchmal flüsterte Annegret: „Ich muss aufhören, meine

Mutter kommt gerade rein." Bei ihr zu Haus stand das Telefon an einem ähnlich öffentlichen Ort wie bei uns.

Der Dreh- und Angelpunkt zwischen Annegret und mir blieb Viktor Biallas. Er war unser Postillon d'Amour und händigte mir spätestens in der Großen Pause mit väterlicher Sympathie den neuesten Brief von Annegret aus. Am nächsten Morgen gab ich Viktor meinen Antwortbrief mit. Annegret schrieb meistens im Zug, auf herausgerissenen Schulheftseiten mit verrutschter Schrift, während ich meine Briefe zu Hause sorgfältig ausarbeitete. Sie waren kompliziert, tiefschürfend und depressiv, mit langen, verschachtelten Sätzen. Ich schrieb beispielsweise:

„Gott. Für mich ist Gott das All, nie ganz erforschbar, unendlich, unbegreifbar. Damit bleiben auch die Fragen des Lebens, seiner Bedeutung, des Todes, dessen, was danach ist, offen. Es mag sein, dass der Körper nur ein Ich verwaltet, ein Ich, das als Wesen oder Nichtwesen, das sich Ich nennt, seine Umgebung mit den Augen des subjektiven Ichs sieht, irgendwann und irgendwo neu geboren wird, und zwar ist das Irgendwo nicht nur auf die Erde beschränkt. Hat der Mensch eine seelische Grundsubstanz, auf der sein Sein aufbaut? Gibt es etwas im Menschen, das tiefer ist als Verstand, Gefühl und Geist? Ich weiß es nicht."

Annegret schrieb zurück: „Wie kann ein Mensch nur in allem so viele Probleme sehen? Und dazu noch so ein netter Mensch."

Jahre später, als ich Annegret zufällig wieder traf, offenbarte sie mir, dass sie meine Briefe bis auf die ersten nicht mehr gelesen habe.

Belecke

In den Weihnachtsferien sah ich Annegret nicht. Kurz bevor die Ferien im Januar endeten, fuhr ich mit dem Fahrrad von Lippstadt nach Belecke.

Ich wollte Annegret nahe sein.

Es waren ungefähr fünfundzwanzig Kilometer. Die längs der Straße gespannten Telefondrähte sangen, während ich mich durch den Schneeregen, der allmählich in Schnee überging, den Haarstrang hochquälte.

Ich erreichte Rüthen am Rand des Sauerlands und rauschte die rutschigen Serpentinen hinunter ins Möhnetal, wobei der Rahmen meines hellblauen Hercules-Hobby-Fahrrads bedenklich zitterte.

Dann stand ich in Belecke an der großen Kreuzung Möhnetalstraße – B 55, Tankstelle, Imbissbude, Bushaltestelle; der Schnee taute, die LKWs und Busse dieselten und spritzten Matsch.

Ich kaufte mir an der Bude eine Schale Pommes Frites mit Mayonnaise, die erkaltet waren, noch bevor ich sie ganz aufessen konnte. Dann schob ich mein Fahrrad hoch in die Altstadt mit ihren graugeschieferten Häusern, deren höchster Punkt die von Kneipen umgebene Kirche war. Ich suchte die Straße, wo Annegret wohnte, und stand schließlich vor dem Haus ihrer Eltern. Traute mich nicht, zu klingeln.

Ich hatte nasse Füße.

Zum Übernachten fuhr ich einen Ort weiter in die Jugendherberge Warstein. Sie lag am Rand eines Wildparks, Rehe zupften Heu aus der großen Futtertraufe.

Der große Schlafsaal, in den ich einquartiert wurde, war zu einem großen Teil von einer Jugendgruppe belegt. Ich hörte einen Witz:

„Zwei Greise unterhalten sich: Weihnachten ist schön. – Geschlechtsverkehr ist auch schön. – Aber Weihnachten ist öfter."

Erzählt wurde dieser Witz von dem Jugendgruppenführer (er nannte sich tatsächlich „Führer" und nicht „Leiter" oder ähnliches) mit rübezahlartigem Aussehen; er erzählte ihn auf Schweizerdeutsch mit entsprechend betontem Ch: „Geschlechchchchtsverkehr …"

Am nächsten Tag fuhr ich nach Lippstadt zurück. Der Seilzug meiner Torpedo-Gangschaltung riss, nur noch der dritte Gang funktionierte, schon bei geringen Steigungen musste ich absteigen und schieben. Der Schnee ging wieder in Regen über. Durchnässt und erschöpft kam ich zu Hause an.

„Was macht du immer für Sachen!" sagte meine Mutter.

Nach den Weihnachtsferien traf ich Annegret im *Submarine*.

„Ich bin übrigens in Belecke gewesen", sagte ich.

„Was – du warst in Belecke?" fragte Annegret erstaunt. „Warum hast du denn nicht angerufen?"

„Ich hab ja angerufen", erwiderte ich. „Ich hab nur nicht gesagt, dass ich in Belecke bin."

Im Zimmer meiner Schwester

Wir hatten noch einen anderen Briefträger: meine zwei Jahre jüngere Schwester Ulrike. Mit ihr ging Annegret, die mindestens einmal sitzen geblieben war, aufs Evangelische Mädchengymnasium. Mir passte es überhaupt nicht, dass ich auch über Ulrike Briefe von Annegret bekam; meine Familie sollte mit meinem Liebesleben nichts zu tun haben.

„Von Anne!" sagte Ulrike, wenn sie Post für mich hatte. Sie guckte wissend-verschwörerisch und versuchte gleichzeitig, ein glucksendes Lachen zu unterdrücken.

„Gib her, blöde Kuh!" sagte ich und riss ihr den Brief aus der Hand.

Das Verhältnis zu meiner Schwester hatte sich in letzter Zeit deutlich verschlechtert. Früher war ich nachmittags in freundlich-kumpeliger Absicht in Ulrikes Zimmer gekommen, um ein wenig mit ihr zu plaudern, wenn sie am Schreibtisch saß und Schularbeiten machte; neuerdings jedoch drehte sie sich nicht einmal mehr zu mir um, sondern sagte nur mit erhobener, genervter Stimme: „GET OUT OF MY ROOM!"

Ziemlich schrill klang das; ich wusste nicht, was ich ihr getan hatte, und zog mich beleidigt zurück.

Umso häufiger spionierte ich nun, wenn Ulrike nicht da war, in ihrem Zimmer herum. Eines Tages entdeckte ich auf dem Schreibtisch einen Zettel, der unverkennbar Annegrets Schrift trug.

Wieso hält die dumme Pute Annegrets Briefe zurück? dachte ich.

Aber der Brief war gar nicht an mich gerichtet. Ich las:

„Liebe Uli!
Ich weiß wirklich nicht mehr, was ich noch machen soll. Irgendwie tut er mir leid, aber manchmal regt er mich so furchtbar auf, dass ich ihn abmurksen könnte. Meinst Du, dass er sich was daraus machen würde, wenn ich mit ihm Schluss mache? Eigentlich bin ich mir ziemlich sicher, dass, wenn ich es tue, ich es nachher bereue. Ich bin in einer ganz schön beschissenen Lage. Schreib mir mal, was Du darüber denkst.
Anne."

Ich hatte nichts davon gemerkt, dass ich Annegret auf die Nerven ging. Ich ließ sie an meinem illusionslosen Lebensgefühl teilhaben, das war alles.

Am nächsten Morgen überreichte mir Viktor Biallas mit ernster Miene einen Brief von Annegret. Ich las ihn noch auf dem Schulhof. Er war, was bisher nie vorgekommen war, mit Füllfederhalter geschrieben.

„Lieber Werner!
Es fällt mir sehr schwer, diesen Brief zu schreiben, denn ich habe Angst, dass Du mich nicht verstehst. Es wäre jetzt falsch zu sagen, dass ich mit Dir Schluss machen will, denn in den letzten Wochen, in denen ich Dir häufiger sagte, dass ich Dich lieben würde, habe ich nicht gelogen. Es war vielleicht nur falsch ausgedrückt. Ich bin nicht sicher, aber ich glaube, ich wollte damit sagen, dass ich Dir dafür danke, dass Du immer so nett zu mir bist und so viel Geduld mit mir hast. Ich möchte nicht in dem Sinn mit Dir Schluss machen, dass wir nichts mehr miteinander zu tun haben, sondern ich will einfach nicht mehr mit Dir gehen. Du musst nicht denken, dass ich mit irgendeinem anderen Jungen gehen will, denn das stimmt nicht. Ich habe einfach genug von dieser ganzen ‚Liebe', die sich so einfach nennt und sagen lässt und mir nicht gibt, was ich mir darunter vorstelle, und darum will ich mit niemandem mehr gehen. Wenigstens vorläufig. Ich habe gemerkt, dass ich mein eigenes Leben führen muss und so viel glücklicher bin. Du hast auf keinen Fall Schuld daran, dass ich nicht mehr mit Dir gehen will. Es liegt wirklich nur an mir selbst. Ich habe mir mein Geschriebenes reichlich überlegt, darum fasse es bitte nicht als eine meiner Gefühlswellen auf. Ich wäre sehr glücklich, wenn wir auch noch weiterhin Freunde blieben. Ich bin am Mittwoch wie immer im *Submarine* und würde mich freuen, wen Du auch kommst.Ich glaube, jetzt ist alles gesagt. Wenn Du mich wirklich liebst oder geliebt hast, wie Du sagst, wirst Du mich verstehen und mir verzeihen.
Annegret."

Ich hatte ein Gefühl in der Magengegend, das ich noch nicht kannte, es war kein Drücken, kein Stechen, mir war auch nicht schlecht, es war irgendetwas anderes und hatte mit Enge und Verzweiflung zu tun.

„Was ist?" fragte Viktor.

„Ach, nichts", antwortete ich. „Annegret hat mit mir Schluss gemacht – glaube ich."

Viktor legte mir die Hand auf die Schulter.

„Scheiße, das tut mir leid", sagte er. „Nimm es wie ein Mann!"

Onkel Otto

An dem Tag, als Annegret mit mir Schluss machte, hielt ich es zu Hause nicht aus. Ich stellte mich an die Lipperoder Straße und trampte. Das machte ich manchmal: einfach den Daumen raushalten, bis jemand anhielt, was meistens sehr schnell passierte; vorgeben, ein Ziel zu haben, das rein zufällig mit dem des jeweiligen Fahrers übereinstimmte, einsteigen und irgendwo wieder rausgelassen werden. Dort, wo ich gelandet war, beschloss ich entweder, mich noch weiter von Lippstadt wegtreiben zu lassen oder, vielleicht mit einem kleinen Schlenker, die Heimfahrt anzutreten.

Ein schwer beladener Kieslaster hielt an und nahm mich bis Rüthen mit. Am Haarstrang wurde er immer langsamer, der Fahrer gab Zwischengas und schaltete Gang um Gang herunter. „Ist das eine lahme Mühle!" schimpfte er.

In Rüthen pickte mich ein Mann um die fünfzig auf, der eine graue Renault Dauphine fuhr. Er hatte eine erstaunliche Ähnlichkeit mit dem gemütlichen, glatzköpfigen Lippstädter Kneipenwirt Onkel Otto, der zu seinen Gästen immer sagte: „Na, mein Freund, du hast es auch nicht leicht – trinkste noch einen?" Und ohne eine Antwort abzuwarten, servierte er das nächste Pils.

Ich fuhr mit meinem neuen Chauffeur die Möhnetalstraße entlang, an Belecke vorbei – Annegret! dachte ich – und dann auf der B 55 Richtung Meschede. In Meschede wollte „Onkel Otto" mich absetzen.

„Na – was machste denn so?" fragte Onkel Otto, „gehste noch zur Schule oder machste 'ne Lehre?"

„Ich bin Schüler", antwortete ich.

„Gymnasium?"

„Ja."

Wir passierten die Ausflugsgaststätte *Stimmstamm*.

„Haste denn 'ne Freundin?" wollte Onkel Otto wissen.

„Ja, äh, nein – wieso?"

„Nur so. Haste denn schon mal?"

„Wie, was schon mal?"

Onkel Otto grinste.

„Weißte doch – haste schon mal? Nun sag schon!"

„Nicht direkt …"

Plötzlich bog Onkel Otto von der B 55 ab, fuhr eine versteckte, abschüssige Einfahrt hinunter, und hielt vor einem zurückliegenden, alleinstehenden Haus.

„So – hier wohne ich. Das hier is mein Häuselken", sagte Onkel Otto. „Jetzt trinken wa erstmal 'n Kaffee."

„Ich denke, Sie fahren bis Meschede."

„Nee, nicht direkt Meschede. Hab ich auch gar nicht gesagt. Bei Meschede hab ich gesagt. Also was is jetzt – wollen wir'n Kaffee trinken?"

„Nee, lieber nicht – ich fahr dann mal lieber weiter."

„Ist doch Quatsch, hier kannste dich auch gar nicht hinstellen, hier hält kein Schwein an. Pass auf – wir trinken 'ne Tasse Kaffee zusammen, und dann fahr ich dich zum Stimmstamm zurück, von dort kommste gut weg – okay?"

„Okay."

Das Haus von Onkel Otto war winzig. Vom Windfang ging es in eine Küche, die komplett von einem Fettfilm überzogen schien.

„Setz dich mal", sagte Onkel Otto. „Da, auf die Eck-

39

bank." Er rückte den Küchentisch etwas beiseite. „Gleich gibt's Kaffee."

Er nahm ebenfalls auf der mit grünem Skai bezogenen Eckbank Platz.

„Zeigste mir mal dein Ding?" fragte Onkel Otto.

„Äh – was?"

„Na – dein Ding. Dein Schwänzelken. Nur mal kucken. Steht er dir schon?"

„Wollten Sie nicht Kaffee kochen?"

„Mach ich gleich, mach ich gleich – zeig erstmal, ist doch nichts dabei!"

Onkel Otto hatte mich auf der Eckbank eingeklemmt. Er roch nach Schweiß.

„Komm – mach ma Hose auf!"

„Nee – mach ich nicht!"

„Nur mal ganz kurz!"

„Nee!"

Ich schubste Onkel Otto von der Eckbank. Er plumpste auf das schmierige Linoleum des Küchenbodens, seine Brille rutschte ihm vom Gesicht.

„Jaust, du! Ich – ich hol die Polente!"

Ich stieg über Onkel Otto hinweg und verließ sein Haus. Er folgte mir nicht. Ich ging die Einfahrt hoch, überquerte die vierspurige B 55, stellte mich an die gegenüberliegende Straßenseite und hielt meinen Daumen raus.

So ein alter Sausack! dachte ich.

Das Erlebnis mit Onkel Otto hatte sich, zumindest vorläufig, auf eine erregende, ja geradezu triumphale Weise vor die schmerzlichen Gefühle geschoben, die ich wegen Annegret hatte.

Ein metallic-grüner VW 411 hielt, ein Geschäftsmann oder ein Vertreter, akkurat im Anzug. Er fuhr direkt nach Lippstadt. „Bitte anschnallen!" sagte er, nachdem ich eingestiegen war. Das war absolut ungewöhnlich. Nur Feiglinge schnallten sich Anfang der Siebzigerjahre an.

Tante Emmi

Meine Mutter mochte Tante Emmi nicht. Tante Emmi war für sie der Inbegriff eines fragwürdigen, verpfuschten Lebens: eine kinderlose, nicht verheiratete Frau in einem nicht einwandfreien Job. Außerdem trank sie.

„Nimm gefälligst deinen Stock mit, wenn du in die Stadt gehst!" herrschte sie ihre ältere Schwester an, die in ihren letzten Lebensjahren nicht mehr ganz trittsicher war, manchmal auf der Straße stürzte und dann von irgendwelchen Leuten nach Haus gebracht wurde. Und Glück gehabt hatte, weil sie sich nichts gebrochen hatte.

In Tante Emmi sah meine Mutter das Gespenst ihres eigenen Alterns.

Tante Emmi hieß eigentlich Emilie. Sie wohnte oben in unserem Haus an der Goethestraße und hatte dort lebenslanges Wohnrecht, weil sie das Haus Ende der Fünfzigerjahre mitfinanziert hatte.

Tante Emmi war ein rötlicher Typ und nicht besonders groß, ihre Arme und ihr Dekolleté waren mit Sommersprossen bedeckt. Weil sie nicht besonders gut sah, hatte ihr Gesicht etwas maulwurfshaft-schnüffelndes.

Tante Emmi holte mich manchmal mit dem Fahrrad vom Kindergarten ab. Ich saß hinten auf dem Gepäckträger und stand große Ängste aus, denn Tante Emmi fuhr sehr wackelig. Wenn wir heil zu Haus angekommen waren, gab es Hustelinchen, in blau-weißes Papier eingewickelte Lakritzbonbons.

Überhaupt verfügte Tante Emmi über Kostbarkeiten, die bei uns verpönt oder zumindest nicht alltäglich waren. Ich bekam schnell heraus, wo Tante Emmi ihre Schätze aufbewahrte: im linken Klappfach ihres Poggenpohl-Küchenbüfetts, dessen Griffe mit kleinen runden Glasscheiben unterlegt waren. Unsere Küchenschränke waren ebenfalls von Poggenpohl.

„Poggenpohl – das ist noch Qualität", sagte meine Mutter.

Wenn Tante Emmi „beim Dienst" war, schlich ich mich nach oben und bediente mich an ihren Erdnüssen, Salzstangen, Fischli, oder an den sensationellen, gerade aufgekommenen Kartoffelchips. Eigentlich hätte ihr auffallen müssen, wie rapide ihre Vorräte manchmal schwanden. Aber sie sagte nie etwas.

Und eine ganz besondere Köstlichkeit stand ebenfalls in Tante Emmis Klappfach: Nutella. Nutella gab es bei uns nie. Ich steckte meinen Finger tief in die braune, klebrige Masse und leckte ihn ab.

Tante Emmi arbeitete in den *Churchill Baracks* an der Südstraße, sie war Sekretärin bei den „Tommies", den britischen Truppen, die bis Anfang der Achtzigerjahre in Lippstadt stationiert waren. Als Kind dachte ich, die rundlichen britischen Militär-LKWs, die durch Lippstadt fuhren, seien ferngesteuert. Dort, wo der Fahrer hätte sitzen müssen, war nämlich niemand. Ich wusste nicht, dass englische Autos ihr Lenkrad auf der rechten Seite hatten.

Genau genommen „arbeitete" Tante Emmi nicht, sondern „ging zum Dienst", das war der korrekte Sprachgebrauch in unserer Familie. Auch Tante Gerti, die Schwester meines Vaters, „ging zum Dienst", ins Fernmeldeamt an der Overhagener Straße.

Tante Emmi war schon während des Zweiten Weltkriegs Sekretärin gewesen, in Brüssel, beim deutschen Wehrmachtskommando. Vieles in ihrer Wohnung erinnerte an diese Zeit: Motivteller in der Vitrine ihres Wohnzimmerschranks, an der Wand hing eine goldgerahmte Brüsseler Straßenflucht in Öl, auch das Geschirr, das sie täglich benutzte, stammte aus Belgien.

Irgendwie wurde Tante Emmi übel genommen, dass sie nach dem Krieg gewissermaßen übergelaufen war und nun bei den Besatzern, für den „Feind" arbeitete.

Anfang der Sechzigerjahre bekam Tante Emmi ihren ersten Fernseher. Er war in ein hübsches, poliertes Schränkchen eingebaut, auf dünnen Beinchen und mit Doppel-scharniertüren. Das Schränkchen war abschließbar: Fern-sehgucken sollte etwas Besonderes bleiben, die Geräte hie-ßen Zauberspiegel, Tizian oder Rembrandt.

Ich durfte bei Tante Emmi nachmittags *Sport, Spiel, Span-nung* gucken. Sport und Spiel waren nicht so interessant, irgendwelche Hundert-Meter-Läufe, oder Luis Trenker laut-malte in gutturalem Tirolerisch seine Bergsteigerabenteuer. Aber in der Abteilung „Spannung" gab es Disney-Zeichen-trickfilme oder Ausschnitte aus Kinofilmen. Eine Neuver-filmung von *Emil und die Detektive*: ich war verwundert und irgendwie auch erschrocken, dass in dem Film, der in Berlin spielte, Ruinen und Trümmergrundstücke zu sehen waren. Ich hatte zwar vom Zweiten Weltkrieg gehört, war aber der Überzeugung, dass in Deutschland nicht ernsthaft etwas kaputt gegangen sein könnte. In Lippstadt jedenfalls war alles heil geblieben, und bestimmt war das, was anderswo vielleicht kaputt gegangen war, längst wieder repariert.

Später durfte ich Samstagabends *Einer wird gewinnen* mit-gucken. Meine Eltern mochten den Showmaster Hans-Joachim Kulenkampff, „Kuli" genannt, wegen seiner witzi-gen Eingangs-Moderationen, auf die er sich angeblich nie vorbereitete.

Die Anschaffung eines eigenen Fernsehers für unsere Familie, für unser Wohnzimmer lehnte mein Vater über lange Jahre ab. Ich beschimpfte ihn deshalb heftig.

„Jeder dusselige Arbeitslose hat einen Fernseher", schrie ich, „wieso wir nicht?"

Irgendwann gab mein Vater nach, und wir bekamen end-lich einen eigenen Fernseher, von Neckermann, mit sechs Programmknöpfen.

„Sechs Programmknöpfe? Wozu das denn?" fragte ich.

Trotz des neuen Neckermann-Körting-Fernsehers in un-serem Wohnzimmer saßen wir abends weiterhin oben bei Tante Emmi.

Es war der Alkohol, der meinen Vater und mich nach oben lockte. Tante Emmi war immer bestens sortiert. Mit Bier oder Wein hielt sie sie sich gar nicht erst auf, bei ihr gab es Pernod, Cointreau, Dujardin oder auch ordinären Doppelkorn. Die Spirituosen wurden in dem nussbaumfurnierten Wohnzimmerschrank mit den Motivtellern aufbewahrt.

Ich trank Pernod unverdünnt aus kleinen Gläschen. Tante Emmi beobachtete mich maulwurfshaft-blinzelnd in einer Mischung aus Hochachtung und Sorge.

„Ist das nicht ein bisschen stark, Jüngsken?"

Pernod pur machte einen mörderischen Kater.

Zwischen Schrank und Fernseher stand ein riesiger, mit dunkelgrünem Brokat überzogener Ohrensessel. In diesem hockte eines Spätabends mein Vater, vornüber gebeugt, starrte vor sich hin. Der Fernseher lief nicht mehr.

„Ich geh zu Bett", sagte Tante Emmi. Ihre Aussprache klang eigenartig verwaschen. „Ihr wisst ja, wo alles steht."

Sie brauchte zwei oder drei Anläufe, um aus ihrem Sessel hochzukommen.

Dass Tante Emmi früher als wir die Segel strich, war ungewöhnlich, normalerweise hielt sie bis zum Schluss durch, und so viel hatte sie auch gar nicht getrunken. Ging es ihr nicht gut?

Ich saß meinem Vater gegenüber auf dem Sofa hinter dem Couchtisch. Die Luft war verraucht von seinen Zigarillos, von Tante Emmis Atikas und meinen Roth-Händles.

„Krieg ist schrecklich", murmelte mein Vater plötzlich.

Und dann erzählte er von den Gräueltaten der Russen, der Roten Armee. „Verwüstete, niedergebrannte Dörfer. Zerfetzte Körper. Massakrierte Frauen. In ihren Scheiden steckten Besenstiele. Das alles habe ich gesehen. Das kannst du dir nicht vorstellen."

Ich wusste nicht, was ich sagen sollte.

Mein Vater sah unendlich alt aus.

Schwieg. Starrte und schwieg.

Die Jahre vergingen, ich lebte längst nicht mehr in Lippstadt. Irgendwann saß ich wieder auf dem Sofa in Tante Emmis Wohnzimmer.

Tante Emmi war schon lange pensioniert. An ihr Berufsleben erinnerte eine schwere, sehr professionelle *Adler*-Schreibmaschine, die abgedeckt auf einem Tischchen zwischen Tür und Wohnzimmerschrank stand. Auf dem Couchtisch stand wie immer der bottichartige schwarze Aschenbecher, der die Asche wegzentrifugierte, wenn man den entsprechenden Mechanismus betätigte. Zwei aufgeschlagene Bücher und eine große, rechteckige Lupe lagen vor ihr. Sie hatte immer ungeheuer viel gelesen, vorzugsweise Literatur der Zwischenkriegszeit, Döblin, Fallada, Heinrich Mann, sogar Bücher im englischen Original.

„Komm Jüngsken, nimm noch'n Schlücksken", sagte Tante Emmi. Die Armlehnen ihres Sessels, aus dem sie sich zu erheben versuchte, waren von Brandspuren übersät. Glühende Asche war dort gelandet, Tante Emmi vergaß häufig, ihre Zigarette rechtzeitig abzuschnippen. Es grenzte an ein Wunder, dass sie nicht schon längst in Flammen aufgegangen war.

Tante Emmi bemühte sich, mit der Weinbrandflasche mein kleines Schnapsglas zu treffen.

„Lass, Tante Emmi, ich schenk mir schon selber ein", sagte ich und nahm ihr die Flasche aus der Hand.

„Alt werden ist nicht schön", seufzte Tante Emmi. „Prost, mein Jüngsken."

Kurze Zeit später erlitt Tante Emmi einen Schlaganfall, der sie halbseitig lähmte. Ihre Herz- und Kreislauffunktionen waren jedoch sehr stabil. Das erfüllte meine Mutter mit zusätzlichem Hass: „Ein Pflegefall. Das hat uns gerade noch gefehlt!"

Ich sah Tante Emmi noch einmal im Evangelischen Krankenhaus. Sie lag in einem mit Gittern gesicherten Bett, umklammerte mit erstaunlich festem Griff mein Handgelenk und lallte aus zahnlosem Mund: „Hol mich hier raus. Hol mich hier raus."

Wenig später starb sie.

Die Band

Sonor New Beat

Nachdem Annegret mit mir Schluss gemacht hatte, vermied ich es, ihr über den Weg zu laufen, und ging aus diesem Grund auch nicht mehr ins *Submarine*. Aber ich bekam mit, dass sie nun mit Hans-Georg Lücke zusammen war. Das kränkte mich, denn ich kam mir bei weitem attraktiver vor, von meinen geistigen Qualitäten ganz zu schweigen. Hans-Georg Lücke war ein dicklicher Junge, dessen Fistelstimme von einem Tag auf den anderen in einen rauen, leicht kieksenden Bass abgerutscht war. In der Schule hatte ich kaum etwas mit ihm zu tun, er besuchte andere Kurse als ich. Er trat fast immer im Doppelpack mit Dietrich Vollmer auf; beide hatten sie Zündapp-Mofas, Hans-Georg Lücke ein gelbes, Dietrich Vollmer ein blaues, mit denen sie morgens zur Schule fuhren.

Ich hatte kein Mofa, aber ein Schlagzeug.

Meine Eltern hatten mir (was sie schnell bereuten) erlaubt, einem nebenberuflichen Tanzkapellenschlagzeuger, der seine Tätigkeit aufgab, seine „Schießbude", wie er sie nannte, abzukaufen: ein grün schillerndes *Sonor New Beat* mit einem Hänge- und einem Stand-Tom, einem Crash- und einem Ride-Becken. Ich setzte mich im Keller auf die alte, hochkant gestellte Leutnantskiste meines Vaters aus dem Zweiten Weltkrieg und trommelte, trommelte mir meine Verzweiflung darüber, dass Annegret mich verlassen hatte, aus dem Leib. Schlagzeugunterricht brauchte ich nicht, Schlagzeug-Lehrbücher verachtete ich; ich war genial, eine Naturbegabung. Meine Sticks flogen virtuos über Becken, Toms und Snare; ich trommelte endlose Soli, die als dumpfes, sägendes Rumoren oben im Haus ankamen und meinen Vater um den Mittagsschlaf brachten.

Der Tanzkapellenschlagzeuger, von dem ich das Schlagzeug gekauft hatte, vermittelte mir ein Probevorspiel bei einer Dixieland-Band. „In der *Stadtschänke*, nächste Woche", sagte er am Telefon. „Und spiel smooth!"

„Smooth?"

Ich hatte keine Ahnung, was er damit meinte.

Die *Stadtschänke* war das Reich von Frau Kleineidam. Ihre blondierte Dauerwelle erinnerte an die späte Marlene Dietrich, ebenso wie die lange Zigarettenspitze, mit der sie sehr spektakulär rauchte. Schade, dass Frau Kleineidam nicht „Sag mir wo die Blumen sind" sang, wenn sie den Mund aufmachte, sondern nur in breitem Westfälisch fragte: „Was krichste – Pils oder Alt?"

In der *Stadtschänke* verkehrten Schüler, Lehrlinge, Musiker, Kiffer, havarierte Existenzen und ganz normale Menschen. Das Bier kostete achtzig Pfennig und Frau Kleineidams Käsetoast eine Mark. Die Musicbox war exklusiv sortiert: Melanie, Santana, Dave Brubeck, lauter ausgesuchte Stücke.

Die heimliche Nummer eins in Frau Kleineidams Musicbox war *Yuppi du* von Adriano Celentano. Der vollendete Ausdruck eines bestimmten Lebensgefühls: kein euphorisch geshoutetes „Yeah Yeah Yeah", sondern ein schon leicht abgeschattetes, lässig-melancholisches „Yuppi-du, Yuppi-du, Yuppi-du, Yuppi-du-bi-du, Yuppi-du". So ging der Refrain, der Liedtext, irgendetwas über „a fragrance of love in the air" und „sound of a thousand colours", war, wie bei den meisten Popsongs, völlig egal.

Der Flipper neben der Eingangstür hieß *Jack in the Box*. Um Jack, eine Art Springteufel, aus seiner Box zu locken, mussten vorher bestimmte „Targets" abgeschossen werden. Frau Kleineidam flipperte leidenschaftlich gern, schoss aber die Kugel meistens dorthin, wo kein Target mehr stand. „Da warste schon, Erika!" kommentierte Gerd, ihr bevorzugter Flipperpartner, ein älterer Stammgast mit Lenin-Bart.

In einem kleinen Nebenabteil standen zwei Kicker, an denen sich Lippstadts Tischfußballelite versammelte. Ein

Flur führte nach hinten zum Saal, in dem Disco und Konzerte stattfanden. Und die *Bad Westernkotten Footwarmers* probten dort. So hieß die Dixieland-Kapelle, bei der ich vorspielen sollte.

Ich lud mein *Sonor New Beat* aus dem weißen VW 1600 meines Vaters. Er hatte mich netterweise zur *Stadtschänke* gefahren – in der leisen Hoffnung, dass mein Instrument dort bleiben würde.

„Dann zeig mal, was du drauf hast", begrüßte mich der Banjospieler, der auch der Bandleader war, und schnippte mit den Fingern: „Wann tuh – wann tuh srie fohr!"

Die *Bad Westernkotten Footwarmers* legten los.

Ich trommelte, wie ich in meinem Keller Stunden, Tage, Wochen vor mich hin getrommelt hatte, drosch auf die Snare ein, ließ die Becken rauschen und scheppern wie Keith Moon von *The Who*.

Der Bandleader brach ab und schrie: „Was spielst du denn da für einen Scheiß? Du kannst ja überhaupt nichts! Pack dein Zeug zusammen und hau ab! Hau bloß ab!"

„Holzhacker brauchen wir hier nicht!" rief mir der Posaunist noch hinterher.

„Wie war's?" fragte mein Vater, als er mich abholte.

„Sie überlegen es sich", antwortete ich.

Dixieland war sowieso nicht mein Ding. Der fortschrittliche Jazzgitarrist Volker Kriegel hatte gesagt: „Dixieland ist restaurative Musik, ist die Musik einer Angepasstenkultur."

Genau das hatten mir die *Bad Westernkotten Footwarmers*, die allesamt weiße Oberhemden und Krawatten trugen, bestätigt.

Aëtra

„Klasse Set. Sieht echt gut aus."

Dietrich Vollmer stand vor meinem Schlagzeug und schnippte das Crash-Becken an.

„*Sonor New Beat*", erläuterte ich. „Die mittlere Produktlinie von *Sonor*."

Dietrich war schmächtig, hatte schulterlange Haare und müde, leicht verschleierte Augen. Er sah nicht nur aus wie ein Rockmusiker – er war auch einer: er spielte E-Gitarre und hatte eine Band namens *Aëtra* gegründet. Am Schlagzeug hatte ursprünglich Hans-Georg Lücke gesessen, der sich aber als völlig unmusikalisch erwies. Er besaß auch gar kein richtiges Set, sondern nur irgendwelche zusammengesuchten Einzelteile, die schon rein farblich nicht zueinander passten. Nach den ersten Proben war Hans-Georg Lücke aus der Band geflogen, was die Freundschaft zwischen ihm und Dietrich Vollmer stark beeinträchtigte, wenn nicht sogar beendete.

Aëtra brauchte also einen neuen Drummer.

„Dann lass mal hören", sagte Dietrich.

Ich legte los und sparte nicht mit langen Wirbeln, Rim Shots und komplizierten Überkreuzschlägen. Dietrich war beeindruckt.

„Du bist der neue Drummer von *Aëtra*. Wenn du willst."

„Klar will ich."

„Ich muss natürlich noch mit Ottmar, unserem Bassmann, reden, aber das geht schon klar."

„Ottmar Kirsch, der Discjockey?"

„Genau. Zupft aber auch einen soliden Bass."

„Wieso sind wir denn nur zu dritt?"

Dietrich verdrehte die verschleierten Augen.

„Kein Mensch braucht eine zweite Gitarre. *Cream* besteht auch nur aus Ginger Baker, Eric Clapton und Jack Bruce. Und das ist ja wohl die absolute Supergruppe."

„Stimmt."

„Wir haben übrigens schon einen Gig. So eine Art Festival, zusammen mit *Symplegma* und *Pegasus*."

Symplegma und *Pegasus* waren zwei andere Lippstädter Bands.

„Wir müssen ganz cool auftreten", sagte ich. „Weißes Licht. Kein buntes Disco-Gefunzel."

Warum ich das so haben wollte, wusste ich nicht genau. „Der Gig ist Open Air. Im alten Pfarrgarten neben dem Brüderheim", entgegnete Dietrich müde. „Da ist nicht viel mit Licht."

„Wir könnten trotzdem Sonnenbrillen aufsetzen", schlug ich vor.

„Gute Idee", fand Dietrich. „Und auf deiner Bass-Drum muss *Aëtra* stehen. Schön groß. So ein runder, poppiger Schriftzug."

„Okay."

„Also bis dann." Dietrich klopfte mit dem Zeigefinger auf das Hänge-Tom. „Ach übrigens – bei mir liegen noch zwei Becken und eine Kuhglocke von Hans-Georg rum. Die kannst du haben."

„Weiß ich noch nicht", erwiderte ich. „Die richtig guten Drummer haben alle keine großen Sets."

Noch am selben Nachmittag malte ich das vordere Fell meiner Bass-Drum mit Plaka-Farbe an. In das Anfangs-A von *Aëtra* schmiegte sich embryonal das E, eine ähnliche Symbiose ging das R mit dem zweiten A ein. Beschirmt wurde das Buchstabenidyll vom mittigen T.

Die Becken und die Kuhglocke, die Dietrich mir angeboten hatte, nahm ich nicht. Mit dem Schrott von Hans-Georg Lücke, dem neuen Freund von Annegret, wollte ich nichts zu tun haben.

Bong Bong

„Gott sei Dank!" sagte mein Vater, als mein Schlagzeug ein paar Tage später in den Keller des schicken Bungalows von Dietrich Vollmers Eltern umzog. Dort befand sich der Probenraum von *Aëtra*. Wie in allen Probenräumen klebten an den Wänden und an der Decke Eierpappen. Die alten Teppiche auf dem Fußboden rochen nach Schimmel und verschüttetem Bier.

Ich baute mein Schlagzeug auf. Zwischen Bass-Drum und Hi-Hat stellte ich eine alte Schreibtischlampe, die das grün schillernde *Sonor New Beat* raffiniert von unten anleuchtete.

Ich war der Drummer von *Aëtra*, Mitglied einer richtigen Band, und fühlte mich großartig.

Ottmar Kirsch, der Bassist, hatte vorher in einer anderen Band gespielt, die ihm aber zu kommerziell geworden war.

„Lou Reed. *Velvet Underground*", sagte er. „Da müssen wir hin. Kein Scheiß-Mainstream."

„Genau", sagte Dietrich.

„Wie heißt nochmal der Song, den du geschrieben hast?" fragte Ottmar.

„*Wir sind geborn wir sind verlorn.* Ist aber noch nicht ganz fertig."

„*Wir sind geborn wir sind verlorn.* Hört sich schon mal gut an. Also los. Und denk dran: Lou Reed!"

Dietrich krümmte sich über seiner Gitarre, als habe er furchtbare Magenschmerzen und schlug düstere Mollakkorde an. Ich trommelte unbelastet von irgendwelchen repressiven Dixieland-Konventionen. Ottmar zupfte auf seinem Bass ein monotones Bong-bong-bong.

Dietrich strich sich die Haare aus dem Gesicht, griff nach dem Mikrofon und begann zu singen: „Wir sind geborn wir sind verlorn." Die Melodie bestand aus zwei Tönen, die dicht beieinander lagen. Ottmar machte Bong-bong-bong. „Wir sind geborn wir sind verlorn wir sind geborn wir sind verlooorn", wiederholte Dietrich. Sein Lied hatte nur diese eine Textzeile.

Ein fahler Lichtschein fiel in den Probenraum. Eine Frau stand in der Tür. Sehr schlank mit blondem, kurz geschnittenem Haar. Die Frau streckte beide Zeigefinger in die Höhe. Wir hörten auf zu spielen.

„Braucht ihr was?" fragte sie. „Vielleicht ein paar Schnittchen?"

„Nein, Mama!" schrie Dietrich.

„Das hört sich aber schon sehr schön an. Ihr meldet euch, wenn ihr was braucht, ja?" Die Frau schloss die Tür hinter sich.

„War das deine Mutter?" fragte Ottmar. „Das ist ja ein heißer Feger!"

Frau Vollmer sah wirklich unglaublich gut und vor allem unglaublich jung aus. Bei meiner eigenen Mutter konnte ich mir nur schwer vorstellen, dass sie jemals jung gewesen war.

„Also nochmal von vorn", sagte Dietrich.

Er entlockte seiner Gitarre hohe und höchste Töne, ich antwortete mit einem riskanten Wirbel über Snare und beide Toms. Zwischen Gitarre und Schlagzeug entwickelte sich ein ausführliches Zwiegespräch, zu dem Ottmar sehr schnell Bong-bong-bong machte. Nach dem furiosen Schlussakkord blieb ein seltsames Geräusch stehen. Es setzte sich zusammen aus dem Klingeln in meinen Ohren und dem Grundbrummen von Dietrichs Verstärker, das ihm nicht auszutreiben war.

Die Luft im Probenraum war zum Schneiden. Schweiß lief mir über die Stirn und brannte in den Augen. Ich hatte mich ziemlich verausgabt.

„Hallo, ihr!" Frau Vollmer stand wieder im Probenkeller. Sie trug einen dünnen, kimonoartigen Hausmantel. Zwischen ihren Fingern hielt sie eine schlanke, angerauchte Eve-Zigarette. „Ich brauche mal einen starken Mann."

„Mama, bitte!" stöhnte Dietrich.

„Was hast du denn?" fragte seine Mutter. „Das Küchenbüfett muss ein Stück auf die Seite. Ich habe dich gestern drum gebeten, Ditzi, aber es war dir ja mal wieder zuviel. – Werner, Sie helfen mir doch sicher? Ist nur 'ne Kleinigkeit."

„Na klar", sagte ich und ging mit Frau Vollmer nach oben.

Frau Vollmers Küche

„Danke, Werner", sagte Frau Vollmer. „Das war wirklich sehr nett. Darf ich überhaupt Werner sagen?"

„Natürlich. Das hätte Dietrich aber auch geschafft."

„Ach wissen Sie, bevor ich ihn dreimal bitte ...", seufzte Frau Vollmer. „Und außerdem: sein Rücken. Damit haben Sie ja gottseidank keine Probleme."

Das Küchenbüfett war der einzige altmodische Einrichtungsgegenstand in der ansonsten supermodern ausgestatteten, braun-orange gekachelten Küche. Ich hatte es ein paar Zentimeter verschoben, weil sich hinter ihm eine Steckdose verbarg.

„Wozu brauchen Sie denn ausgerechnet diese Steckdose?" fragte ich.

„Nur für alle Fälle", sagte Frau Vollmer und berührte wie zufällig meine Wange. „Man weiß ja nie."

„Sie sehen genauso aus wie Jean Seberg in *Außer Atem*", sagte ich. *Außer Atem* von Jean-Luc Godard hatte ich ein paar Tage zuvor im avantgardistischen Filmklub unserer Schule gesehen.

„Ja? Das ist aber ein schönes Kompliment."

Frau Vollmer zog mich zu sich heran. Ich nahm ihren etwas strengen, aber keineswegs unangenehmen Geruch wahr. Wie eine Ziege, dachte ich.

„Sie wissen schon ein wenig Bescheid, nicht wahr?" fragte Frau Vollmer.

„Bescheid? Worüber?"

Frau Vollmer öffnete ihren Kimono. Sie trug darunter nur Slip und BH.

„Darüber", sagte sie.

Frau Vollmer küsste mich rau und begann, den Gürtel meiner Hose zu lösen. Ich küsste zurück, glitt mit der Hand unter den Kimono und streichelte ihren muskulösen Rücken.

„Trau dich ruhig ein bisschen", flüsterte Frau Vollmer, führte meine Hand an ihren Venushügel und stöhnte ein bisschen, als ich mich tatsächlich traute und ihren Slip beiseite schob. Sie griff nach meinem heftig pochenden Schwanz. „Gott, ist der hart!" murmelte sie und biss in mein Ohrläppchen. „Und so glitschig."

Mit einer schnellen Bewegung streifte Frau Vollmer ihren Slip ab und setzte sich auf die Kante des Küchentischs. Das eine Bein ließ sie baumeln, das andere stellte sie angewinkelt auf den Tisch. Ganz schön gelenkig, dachte ich.

„Gefällt dir das? Guck ruhig genau hin."

Frau Vollmers Möse war hinter dichtem Schamhaar verborgen. Sie fuhr mit zwei Fingern zwischen ihre Schenkel, worauf sich der Schlitz ein wenig öffnete.

„So was hast du doch bestimmt noch nicht gesehen. Oder etwa doch?"

„Nicht – so – direkt", antwortete ich.

„Du hast ein schönes Glied", sagte Frau Vollmer und umfasste meinen Hintern. „Richtig schön. Hat dir das schon mal jemand gesagt?"

„Nicht – so – direkt", antwortete ich.

„Und jetzt denk einfach an nichts. Ich mach das schon", flüsterte Frau Vollmer.

Es ging ganz leicht. Ich hatte das Gefühl, meinen Schwanz in eine halbfeste, warme Masse ohne richtige Begrenzung zu stecken, wie Butter, dachte ich. Frau Vollmer stützte sich mit den Händen auf der Tischplatte ab, ihr Becken gab einen federnden Rhythmus vor, in den ich mich eintaktete. Ich spürte, dass ich mich sehr schnell ergießen würde, wollte das nicht, aber die fordernden Bewegungen von Frau Vollmer ließen mir keine Chance. Der Küchentisch schubberte quietschend über die braunen Fliesen. Ich versuchte noch, Frau Vollmers kleine Brüste aus dem BH zu befreien, dann kam ich. Frau Vollmer lachte.

Für ein paar Sekunden kehrte Ruhe ein. Frau Vollmer

hielt mich mit Armen und Beinen umschlungen und atmete schwer.

„Frau Vollmer, das –", japste ich.

Frau Vollmer löste sich von mir und glitt vom Küchentisch.

„Psst!" machte sie und legte ihren Zeigefinger auf meinen Mund. „Und jetzt husch-husch zurück in den Keller!"

Frau Vollmer schloss ihren Kimono.

Schnittchen

„Kalorien, Jungs!"

Frau Vollmer balancierte auf den Fingerspitzen ihrer rechten Hand eine Platte mit Schnittchen, nett angerichtet mit Salzstangen und Cornichons. Sie trug Jeans und einen schwarzen Rollkragenpullover.

„Greift zu!"

„Oh, no!" stöhnte Dietrich.

„Ach übrigens", sagte Frau Vollmer, „ich habe die Vorstandssitzung von *Pro Grün* verlegt. Wir kommen alle zu eurem Konzert! Ist das nicht toll?"

Die *Initiative Pro Grün* setzte sich für ein naturnahes Lippstadt ein. Mit Argusaugen spürten Frau Vollmer und ihre Mitstreiter die Kahlschlag-Vandalen des Gartenbauamtes auf, die in Allee-Hinterhalten ständig nur Pause zu machen schienen. Aber die *Pro Grün*-Aktivisten ließen sich nicht täuschen. Sie klopften an die hochgekurbelten Fenster der kommunalgrauen Pritschenwagen und riefen: „Wir wissen alles! Lassen Sie den Baum da vorn in Ruhe!"

„Mama, bitte komm nicht!" flehte Dietrich seine Mutter an. „Ich kann nicht spielen, wenn du zuguckst. Das wäre genauso, wie wenn du –"

„Wie wenn ich ohne anzuklopfen in dein Zimmer käme?" Frau Vollmer lächelte und verließ mit einem flüchtigen Blick auf mich den Probenkeller.

Krise

Dietrich hatte ein zweites Lied geschrieben. Es hieß *Sag mir warum lässt du mich allein* und hatte große Ähnlichkeit mit *Wir sind geborn wir sind verlorn*. Aus diesen beiden Stücken bestand das Repertoire von *Aëtra*.

„Das hält keine Sau aus", meinte Ottmar. „Wir spielen entweder *Wir sind geborn* oder *Warum lässt du mich allein*. Sonst kacken wir im Pfarrgarten total ab. Das garantiere ich euch."

„Dann dauert unser Auftritt aber höchstens eine Viertelstunde", warf ich ein.

„Wir brauchen mindestens noch eine Nummer", sagte Ottmar. „Wir können ja was covern. Was weiß ich – *Paint it black* von den *Stones* oder so. Einen richtigen Knaller."

„Knaller? Was meinst du denn mit Knaller?" fragte Dietrich.

„Naja, was Fetziges eben. Nicht so depressiv."

„Findest du meine Lieder depressiv?"

„Besonders lustig sind sie nicht."

„Meine Songs sind einfach nur wahr. Das Leben ist nun mal traurig. Und wer hat hier was von Lou Reed erzählt und gesagt: da müssen wir hin?"

„Wir müssen auch mal praktisch denken!"

„I see a red door and I want it painted black", sagte ich. „Das hat doch was mit deinen Songs zu tun. Inhaltlich, meine ich. Nur eben ein bisschen zackiger."

„Wir – covern – nicht!" sagte Dietrich und schloss die Augen. „Das haben wir von Anfang an gesagt. Dass wir nur eigene Stücke spielen. Wir sind nicht *Pegasus*!"

Pegasus spielte Stücke aus den aktuellen Charts nach und wurde von *Aëtra* verachtet.

„Ist doch nur für den Übergang", sagte ich. „Bis wir genügend eigene Sachen haben."

Dietrich hielt seine Augen immer noch geschlossen.

„Wenn wir uns schon jetzt untreu werden, können wir das ganze Projekt vergessen."

„Es geht erstmal nur um den Gig im Pfarrgarten", sagte Ottmar. „Wenn wir da abkacken, ist sowieso Ende."

„Na und? Dann löse ich die Band eben auf", sagte Dietrich müde. „Ich habe *Aëtra* erfunden und löse *Aëtra* wieder auf. Wo ist das Problem?"

„Bist du eigentlich völlig bescheuert?" schrie Ottmar. Dietrich hob die Arme. „Fass mich nicht an!"

„Hey, hey, you, you, get off my cloud!"

Frau Vollmer tänzelte mit einem Tablett, auf dem Cola und ein paar Gläser standen, in den Probenraum. „Probleme?"

„Mama, bitte!" stöhnte Dietrich.

„Nicht dass ihr denkt, ich hätte gelauscht", sagte Frau Vollmer. „Geht mich auch nichts an, aber es ist doch ganz einfach. Passt auf, Jungs! Ihr spielt als erstes *Wir sind geborn wir sind verlorn*, das ist ja auch wirklich toll, dann *Paint it black*, damit vergebt ihr euch nichts, und zum Schluss spielt ihr *Sag mir warum lässt du mich allein*. Dann habt ihr ein super Programm. Und als Zugabe noch einmal *Paint it black*."

„Halt dich bitte raus, Mama!"

„Sei lieb, Ditzi. Und dass du die Band gleich wieder auflösen willst – was für ein Unsinn. Wo ihr doch so schön spielt."

„Hör auf mit deinem blöden Ditzi!"

„Deine Mama hat recht. Guter Plan", sagte Ottmar.

„Also, was ist?" fragte ich.

Dietrich machte eine resignierte Handbewegung.

„Ja gut, okay, von mir aus. *Paint it black*."

„Na siehst du – Dietrich", sagte Frau Vollmer. „Ihr müsst euch doch austoben. Was meint ihr, was wir früher für verrückte Sachen gemacht haben, der Jörg, also Dietrichs Vater, und ich. In Düsseldorf, damals an der Kunstakademie. Wir hatten ja kein Geld für Möbel. Und wisst ihr, was wir gemacht haben? Wir haben einfach Möbel an die Wand gemalt, auf die Tapete."

„Ganz schön abgedreht", meinte Ottmar.

„Apropos Möbel – ob Sie mal kurz mit nach oben kommen könnten, Ottmar – ich darf doch Ottmar sagen? Ich brauche Ihre Hilfe. Sie sind doch so kräftig."

Der Gig

„Da könnt ihr mal richtig auf die Pauke hauen, Jungs", sagte Vikar Haferkorn beim Vorbereitungstreffen zu *Rock the Church*. So sollte das Festival im Alten Pfarrgarten heißen. „Aber um neun muss Schluss sein, ihr wisst schon, wegen der Nachbarn."

Vikar Haferkorn hatte einen mächtigen, tiefschwarzen Rauschebart und fortschrittliche Ansichten. Er hatte den ersten Lippstädter „Beat-Gottesdienst" abgehalten, und von ihm stammte auch die Idee, im Pfarrgarten eine Miniaturversion von Woodstock zu veranstalten. „Jugendarbeit muss die ausgetretenen Pfade verlassen", rechtfertigte er sich vor dem Presbyterium, einer Art Aufsichtsrat der Kirchengemeinde. Die Presbyter, darunter auch mein Vater, wiegten bedenklich ihre Köpfe, genehmigten *Rock the Church* aber schließlich. „Ihr macht ja sowieso, was ihr wollt", sagte mein Vater nach der Sitzung zu mir.

Für *Paint it black* hatten wir eine zusätzliche Probeneinheit eingelegt. Mehr brauchten wir nicht. „Die *Stones* kochen auch nur mit Wasser", sagte Dietrich. Er hatte sich Text und Akkorde aus dem englischen Soldatensender BFBS abgehört. „A-Teil, B-Teil, das war's schon. Und noch so ein komischer B-Strich-Teil, aber den kriegen wir auch hin."

Ich hatte allerdings am Schlagzeug unerwartete Probleme. „Stopp!" Dietrich schrammelte mit seinem Plektron über die Gitarrensaiten. „Du haust ab! Du wirst immer schneller! Merkst du das nicht?"

Ich hatte es tatsächlich nicht gemerkt.

„Die Rhythm Section muss stehen wie eine Mauer", belehrte mich Ottmar.

„Und noch etwas", fügte Dietrich hinzu. „Gröl bitte nicht mit, wenn ich singe."

Auch das hatte ich nicht gemerkt.

Der Pfarrgarten war ein Idyll unter Kastanienbäumen. Er lag versteckt hinter einer Bruchsteinmauer zwischen dem Brüderheim und der hohen, weiß gekalkten Seitenwand der alten Klosterkirche.

Im Rasen vor der Kirchenwand waren einige verwitterte Grabplatten mit kaum mehr lesbaren Inschriften eingelassen. Dort bauten die Bands ihre Instrumente und Verstärker auf. Ein dünnes Stromkabel, das quer durch den Garten zum Brüderheim verlief, diente als elektrische Nabelschnur.

Es war ein warmer, sonniger Spätsommernachmittag.

„Hallo!" grüßte Dietrich kühl den Keyboarder von *Symplegma*, der eine Goldrandbrille trug. Der Keyboarder grüßte, während er seine zierliche Farfisa-Orgel aufstellte, ebenso kühl zurück. *Symplegma* orientierte sich an *Ekseption*, spielte Adaptionen klassischer Stücke, Mozarts *Alla turca* oder die Toccata d-moll von Bach.

„Typische Oberschüler-Band", meinte Dietrich, obwohl wir selber alle Oberschüler waren.

Die Leute von *Pegasus* trafen ein. Sie trugen eng taillierte gelbe Hemden. „Wie Hitlerjungs", dachte ich. Der Drummer von *Pegasus* hatte ein beeindruckendes dunkelrotes Schlagzeug mit zwei riesigen Bass-Drums. Und er war ziemlich gut, das merkte ich, als er sein Set kurz anspielte.

„Trotzdem ein Hitlerjunge", dachte ich.

„Wie heißt deine Mutter eigentlich mit Vornamen?" wollte Ottmar von Dietrich wissen.

„Astrid. Wieso?"

„Nur so. Kommt sie wirklich heute Abend?"

„Weiß ich nicht!"

„Die Musiker alle mal bei mir versammeln!" rief Vikar Haferkorn ins Aufbau-Gewusel. „Zur Reihenfolge. Ich würde vorschlagen, dass zuerst *Symplegma* spielt, anschließend *Aëtra* und zum Schluss *Pegasus*. Ist das für euch okay?" Für *Pegasus* war es nicht nur okay, sondern geradezu zwingend, dass sie zum Schluss spielten, denn sie betrachteten sich als Hauptact von *Rock the Church*. *Symplegma* und *Aëtra* waren nur die Vorgruppen.

„Moment!" protestierte Dietrich. „Das sehe ich überhaupt nicht ein, dass das hier einfach so festgelegt wird. Das ist undemokratisch."

„Ja – wie sollen wir denn jetzt Demokratie herstellen, deiner Meinung nach?" Vikar Haferkorn hatte plötzlich schlechte Laune. „Abstimmen oder was? Also Jungs – ich habe mir wirklich große Mühe gegeben, das alles hier auf die Beine zu stellen –"

„Ich bin auch dagegen, dass *Pegasus* zum Schluss spielt", mischte sich der goldbebrillte Keyboarder von *Symplegma* ein. „Ich sage das nicht, weil wir das zufälligerweise spielen, aber unsere Alla-Turca-Version wäre wirklich die ideale Schlussnummer des Festivals."

„Wisst ihr was? Ihr könnt mich alle mal!" brüllte Haferkorn. „Tschuldigung, Jungs", fügte er schnell hinzu.

„Haferkorn, du bist nervös", murmelte Dietrich.

„Wie bitte?!"

„Ach, nichts."

„Streichholzziehen", schlug ich vor. „Wir können ja Streichhölzer ziehen. Wer das längste zieht, spielt als erstes. Undsoweiter."

„Hat jemand Streichhölzer dabei?" fragte Haferkorn missmutig.

Ottmar zog eine Schachtel *Welthölzer* aus der Hosentasche. „Immer!"

Der Vikar präparierte drei Hölzchen.

„Also los."

Symplegma zog das längste Streichholz, *Aëtra* das zweitlängste und *Pegasus* das kürzeste.

„Much ado about nothing", grinste der Drummer von *Pegasus*.

Es war kurz vor neunzehn Uhr. Der Pfarrgarten füllte sich. Ottmar, Dietrich und ich lehnten an der weißen Kirchenwand, als posierten wir für ein Plattencover. Hubertus Blanke gesellte sich zu uns.

„Na, habt ihr auch schön geübt?" fragte er.

„Für dich reicht's", erwiderte Dietrich böse.

Vikar Haferkorn hatte wieder gute Laune. „So. Und nun wollen wir uns auf diesen Abend freuen." Er klatschte in die Hände. „Auf geht's, Jungs!"

Der Keyboarder von *Symplegma* klopfte zwei- oder dreimal ans Mikrofon. „Hi People!" sagte er. „Wir sind – *Symplegma*."

Das Konzert begann.

„Dada-daaa" tönte es schmächtig aus der Farfisa-Orgel, als wollte sie sagen: „Dies ist die berühmte Toccata und Fuge d-moll von Johann Sebastian Bach. Auch wenn ihr sie nicht auf Anhieb erkennt."

Die Zuhörer standen oder lagerten auf dem Rasen. Eine nicht mehr ganz junge Frau mit hennaroten Haaren und wallenden Indien-Klamotten tanzte.

Hubertus Blanke stieß mich an. „Guck mal da."

Jutta Meier aus dem Deutschkurs knutschte mit Studienassessor Erdmann, unserem Mathelehrer. Sein länglicher, an eine rötliche Medikamentenkapsel erinnernder Schädel schimmerte in der Abendsonne.

„Meine Fünf in Mathe ist ja eigentlich in Beton gegossen, aber ich glaube, ich rede noch mal mit Erdmann", meinte Hubertus Blanke.

„Hallo, ihr! Hallo, Ditzi!" Frau Vollmer winkte uns zu. Neben ihr standen ihre Vorstandskollegen von *Pro Grün*, zwei vollbärtige, entschlossen blickende Männer.

„O Scheiße!" stöhnte Dietrich.

Ottmar winkte zurück und ließ dabei seine Finger eigenartig flattern. Frau Vollmer machte mit beiden Fäusten eine Daumendrück-Geste.

Symplegma spielte eine knappe halbe Stunde. Dann waren wir, war *Aëtra* dran.

Ich nahm hinter meinem Schlagzeug Platz, ließ die Sticks lässig über Snare und Toms kreisen und schlug auf dem Crah-Becken ab. Ottmar zupfte auf seinem Bass ein Probe-Bong. Dietrich griff sich das Mikro. Der Verstärker brummte.

„Hallo Pfarrgarten! Wir spielen jetzt ein Lied. Es heißt *Wir sind geborn wir sind verlorn*."

Dietrichs Stimme war stark übersteuert. Die Gitarre hörte sich dünn und verwaschen an, ganz anders als im Probenkeller. Nach dem zweiten Solo begann sich die Rasenfläche vor uns zu leeren.

„Pegasus! Pegasus!" rief jemand.

Dietrich spielte aus Trotz noch ein drittes Solo, bis Ottmar sehr energisch Bong! machte und damit *Wir sind geborn wir sind verlorn* beendete. Die Frau mit den hennaroten Haaren tanzte trotzdem weiter. Vielleicht war sie taub. Zwei oder drei Leute klatschten.

„Bravo, *Aëtra*!"

Das war Frau Vollmer.

„Mit anspruchsvollen Sachen habt ihr es ja nicht so", nuschelte Dietrich ins Mikrofon. „Aber jetzt kommt was fürs Volk. Ladies and Gentlemen, here are the Stones – *Paint it Black*!"

Nach wenigen Takten waren wir völlig auseinander. „Die Rhythm Section muss stehen wie eine Mauer", erinnerte ich mich; ich stand hinter meinem Set auf und versuchte, mit einem Stick zu dirigieren, während ich mit dem anderen auf der Snare nicht sehr gleichmäßig den Beat weiterschlug.

Dann machte es ein dumpfes „Tunk!" Die spärliche Beleuchtung im Garten erlosch, Dietrichs Gitarre und Ottmars Bass erstarben. Drinnen im Brüderheim waren die Sicherungen rausgeflogen.

„Ihr habt ja einen echten Fan bei den Stadtwerken", rief Hubertus Blanke.

„Mal alle Geräte ausschalten!" Vikar Haferkorn eilte ins Haus und kam nach kurzer Zeit wieder.

„So, alles wieder in Ordnung." Haferkorn testete das Mikrofon. „Jungs, ihr seid einfach zu heiß fürs Lippstädter Stromnetz. Und weiter geht's mit *Aëtra*!"

Ein vielstimmiges Buh! ertönte.

„Bleibt bitte fair!" mahnte der Vikar.

Dietrich nahm ihm das Mikrofon aus der Hand.

„Also danke dann, das war's von uns. Tschüss, Pfarrgarten."

„Applaus für *Aëtra*!" rief Haferkorn. Hinter ihm standen schon die Gelbhemden von *Pegasus*. Sie kamen mir vor wie ein Rollkommando.

Ich schraubte mein *Sonor New Beat* auseinander, verstaute Stative, Becken und Hi-Hat in der Leutnantskiste meines Vaters.

„Hübsches Set", grinste mich der *Pegasus*-Schlagzeuger an. „Jetzt müsste man nur noch trommeln können."

Wir standen wieder an der weißgekalkten Kirchenmauer, rauchten und bemühten uns, den Auftritt von *Pegasus* zu ignorieren.

„Das ist das Ende von *Aëtra*", sagte Dietrich.

„Es war ein Experiment", sagte ich.

„Gescheitert, Punkt, aus, Ende.", sagte Dietrich.

„An mir hat's nicht gelegen", sagte Ottmar. „Das will ich nur mal klarstellen. Also tschüss."

Er ging hinüber zu Frau Vollmer und ihren zugewachsenen *Pro Grün*-Kollegen.

Pegasus spielte *Hey Tonight* von *Creedence Clearwater Revival*. Das Publikum kreischte und johlte.

„Das ist doch einfach nur gequirlte Kacke!" seufzte Dietrich. „Wieso merken die Leute das nicht?"

Ottmar stand, eine Bierflasche in der Hand, vorm Brüderheim neben Frau Vollmer. Sie unterhielt sich mit den beiden Vollbärten von *Pro Grün* und beachtete Ottmar kaum. Die Frau mit den hennaroten Haaren hockte im Schneidersitz auf dem Rasen und schraubte mit wiegendem Oberkörper ihre Handgelenke in den Himmel.

„So, Freunde – das war *Rock the Church*."

Vikar Haferkorn beendete das Pfarrgarten-Mini-Festival. „Danke, *Symplegma*, danke *Aëtra*, danke *Pegasus*. Ihr wart alle klasse. Gott hat euch gern zugehört, da bin ich mir sicher!"

„Gott ist tot!" schrie Ernie, ein stadtbekannter Krakeeler.

„Nein, er ist jetzt nur ein wenig taub", brüllte irgendwer zurück.

Ein dunkelhaariges Mädchen schaute zu mir herüber. Ich brauchte einen Augenblick, um mich zu erinnern, wo ich sie schon einmal gesehen hatte: als ich Annegret das erste Mal zum Zug brachte, hatte sie mit uns auf dem Bahnsteig gestanden. Jetzt fiel mir auch der Name wieder ein: Juliane.

Das russische Mikroskop

Das russische Mikroskop in unserem Keller.

Es war schwarz, schwer, massiv. Gewaltig im Vergleich zu meinem primitiven Schülermikroskop. Ein geschwungener Stativ-Hals, an dem man es gut greifen konnte. Drei schwenkbare Objektive, einige Wechsel-Okulare, außerdem gläserne Objektträger, Döschen für Präparate und weiteres Zubehör. Aufbewahrt war alles in einem soliden Holzschränkchen mit Henkel.

Das russische Mikroskop in unserem Keller. Wie war es zu uns gekommen?

Januar 1956. Ich war noch nicht auf der Welt. Mein Vater kam nach Haus. Aus Russland.

Mein Vater war Spätestheimkehrer. Zehntausend deutsche Gefangene aus dem Zweiten Weltkrieg gab es im Jahr 1955 noch in der Sowjetunion. Das verstieß gegen die Genfer Konvention, weshalb die Sowjetunion behauptete, bei diesen Gefangenen handele es sich um zu langjähriger Zwangsarbeit verurteilte Kriegsverbrecher. Diese Einstufung soll völlig willkürlich geschehen sein, mein Vater behauptete später sogar – das war eine der wenigen kurzen Geschichten, die er über seine Gefangenschaft erzählte –, sie hätten über die ursprünglich über sie verhängten Todesurteile gelacht, weil es doch nur um ihre Arbeitskraft gegangen sei. Aber warum gehörte ausgerechnet mein Vater zu ihnen? War es wirklich nur Zufall? Oder war mein Vater vielleicht doch ein Kriegsverbrecher?

„Das ist Quatsch! Totaler Blödsinn!"

Spirale schätzte meinen Vater sehr und reagierte wie angestochen, als ich ihm von meinen Zweifeln erzählte.

„Das war russische Bürokratie, nichts anderes. Das ist erwiesen!"

Die Heftigkeit von Spirales Reaktion überraschte mich.

Mein Vater kam manchmal spätabends „von oben", von

Tante Emmi, in mein Zimmer, schwankend, ein erkaltendes Zigarillo zwischen den Fingern, weil er noch ein wenig mit den „jungen Leuten" plaudern wollte, mit meinen Freunden, die dort im Halbdunkeln herumhingen.

Spirale führte tiefsinnige Gespräche mit meinem Vater, die ich, wenn mir dessen Geschwätz zuviel wurde, rüde unterbrach: „Hör auf mit deiner hinterfotzigen Psychologisiererei!"

Der Vater von Hubertus Blanke war einer der wenigen, der in nächtlichen, vermutlich trunkenen Gesprächen seinem Sohn gegenüber zugab, im Zweiten Weltkrieg geschossen und Menschen umgebracht zu haben: er war MG-Schütze und hatte in vorgeschobener Stellung sicher mehr als nur ein paar russische Soldaten umgemäht.

„Die erste Welle mit Gewehren, die zweite Welle nahm die Gewehre der Niedergeschossenen auf, die dritte Welle, nur noch mit Knüppeln bewaffnet."

Der einzige Gedanke, den der Vater von Hubertus hatte: das MG durfte nicht versagen.

„Sonst wäre ich dran gewesen."

Oder der Vater von Grizzly: der war Mitglied der „Leibstandarte Adolf Hitler", gehörte jahrelang zur engeren Umgebung des „Führers". „Ein herzensguter, aber schlichter Mann", so beschrieb Grizzly seinen Vater, der auf seinen alten Chef nichts kommen ließ. Berichte über Gräueltaten der Nazis bezeichnete Grizzlys Vater hartnäckig als „jüdische Propaganda" und schloss die Ereignisse jener Zeit ansonsten in sich weg (pflegte aber all die Jahre – verdeckt, weil es illegal war – die alte SS-Kameradschaft weiter).

Und dann war er jahrzehntelang der gutmütig lächelnde, baumlange Mann im grauen Kittel, der meinem Vater die Bierkisten in den Kofferraum hob, auf dem Parkplatz der *Lippequelle*, dem Getränkemarkt an der Mühlenstraße.

Erst auf dem Sterbebett sprach er über die Furchtbarkeiten, die er erlebt hatte, mit Tränen in den Augen, es waren aber die Gräuel, die „die Russen" angerichtet hatten.

„Das stimmt doch alles überhaupt nicht!"
Ich saß mit meinem Vater oben bei Tante Emmi. Im Fernsehen lief der berühmte Rosselini-Film *Roma - città aperta*. Es brachte meinen Vater furchtbar auf, dass in *Roma - città aperta* deutsche Soldaten gezeigt wurden, die Kriegsverbrechen begingen. Das sei eine infame Lüge, die Wehrmacht sei eine „sauber" kämpfende Armee gewesen, die Schweinereien hätte (abgesehen vom „Feind") ausschließlich die SS begangen. Und auch die erst, seit sie von brutalen ukrainischen Kapos quasi unterwandert worden sei.
„Ruhig, Helmut", sagte Tante Emmi. „Nimm noch'n Schnäpsken."

Mein Vater war Offizier in der deutschen Wehrmacht. Er hat einen handschriftlichen Bericht über den Beginn des Russlandfeldzugs verfertigt. Darin taucht ungefähr ein dutzend Mal das Wort „gesäubert" auf: „infanteristisch gesäubert", „vom Feind gesäubert", „das Gelände gesäubert", „die Ortschaft gesäubert".
Weil die alten Blutflecken trotz aller militärischen Hygiene immer wieder durchschimmerten und in Albträumen wiederkehrten, gab es später in der vollverfliesten BRD diesen neurotischen Hang zu allumfassender Abwaschbarkeit und ein Waschmittel, das nicht nur „sauber", sondern auch „rein" wusch.

Mein Vater war davon überzeugt gewesen, „das Richtige" zu tun, nämlich durch einen Präventivkrieg einem russischen Angriff zuvorzukommen. Und ich ertappte mich dabei, darüber nachzudenken, ob er damit vielleicht nicht ganz unrecht hatte. Stöberte ein wenig in *Wikipedia* etc., fand heraus, dass die Präventivkrieg-These zwar letztlich widerlegt, aber doch lange Zeit zumindest salonfähig war. In Tante Emmis Bücherschrank stand *Unternehmen Barbarossa* von Paul Carell, ein Standardwerk über den Russlandfeldzug. Paul Carell war Pressesprecher von Ribbentrop gewesen, dem NS-Außenminister (da hieß er noch Paul Schmidt), und hat ganz sicher diese Präventivkrieg-These vertreten.

Ab Herbst 1955 entließ die Sowjetunion die „letzten Zehntausend". Bevor ein Transport im Grenzdurchgangslager Friedland eintraf, wurden im Radio Namenslisten verlesen, und die Angehörigen machten sich auf den Weg. Mein Vater war in einem der letzten Transporte – möglicherweise sogar im allerletzten, das sagte jedenfalls Tante Gerti – und kam am 16. Januar 1956 in Friedland an. Mein Vetter Fritz (den ich immer nur „Onkel Fritz" nannte, weil der Altersunterschied zwischen uns fast ein Vierteljahrhundert betrug) besaß einen Mercedes 170 und fuhr mit meiner Mutter, Opa Klockow und Tante Gerti nach Friedland.

Tante Gerti erzählte über die Heimkehr meines Vaters:

„Er hat sich noch in Friedland von so einem Entlassungsgeld eine Aktentasche gekauft. Eine ganze billige. Und er war ganz stolz darauf und fand sie wunderschön, und ich dachte: Och Gott, so schön ist sie nun auch wieder nicht. Aber er war ganz stolz darauf, dass er nun etwas Eigenes hatte, meinte auch, es wäre Leder, es war vielleicht auch Leder, aber es war wirklich eine ganz, ganz einfache Tasche. Aber an solchen Sachen merkte man, dass er wirklich Mangel gehabt hatte. Und in dieser Tasche hat er die paar Sachen untergebracht, die er noch hatte – es war ja nicht viel."

„Es war ja nicht viel" – aber wie kam dann dieses riesige russische Mikroskop, erkennbar an den kyrillischen Buchstaben, zu uns?

Bad Salzuffeln. Eigentlich und korrekt heißt es Bad Salzuflen. Aber alle sagten Bad Salzuffeln, sogar die Nachrichtensprecher im Radio.

Bad Salzuffeln im lippischen Bergland. Dort wurde ich im März 1956 gezeugt. Während eines den Spätestheimkehrern spendierten vierwöchigen Urlaubs. Die Ehepartner sollten sich in Ruhe wieder zusammenfinden. Oder, wie meine Mutter sich ausdrückte, „sich zusammenruckeln". Wenigstens einmal wurde geruckelt. Daraus wurde dann ich.

„Ich hatte ja schon Angst, dass Helmut kein richtiger ‚Mann' mehr war", sagte meine Mutter irgendwann später mal.

Ob mein Vater meine Mutter in Bad Salzuffeln mit dem feierlichen Ernst eines Hohepriesters begattet hat? Oder war es eher eine verlegene, kurze Angelegenheit im Stockdunkeln unter der Bettdecke? Oder hatten sie vielleicht sogar richtig Spaß?

Bad Salzuffeln.

Außer als Zellhaufen war ich nie mehr dort.

Das russische Mikroskop.

Wie kam es in unseren Keller? In Friedland hatte mein Vater es jedenfalls nicht dabei. Hatte er es vielleicht schon 1941 oder 1942 aus einem russischen Krankenhaus oder einem wissenschaftlichen Institut gestohlen und als Kriegsbeute nach Deutschland gebracht?

Meine Eltern sind tot. Auch Tante Gerti, die Schwester meines Vaters, lebt nicht mehr. Sie alle kann ich nicht mehr fragen.

Das russische Mikroskop.
Ich tröpfele mein Sperma auf einen Objektträger und schaue es mir an. Winzige, wuselnde Kaulquappen, ohne Plan, ohne Orientierung. Mein Erbgut.

Mein Vater, nachts, betrunken, verzweifelt, im schweren grünen Brokatsessel oben bei Tante Emmi.

Juliane

Wiedergewinnung der Sensibilität

Mitten im Schuljahr tauchte Lothar Mackenbrock in unserer Klasse auf. Er sah aus wie Peter Fonda in *Easy Rider*: blau getönte Brille, Halstuch, Lederjacke mit abgewetzter Schulterarmierung. Ich trug meistens Oberhemd und Nickipullover.

Wir saßen zusammen im Philosophie-Leistungskurs von Herrn Mikat, der traurige Augen hatte und immer ein wenig verwirrt wirkte. Vielleicht war er aber, wie die meisten unserer Lehrer, morgens einfach nur verkatert.

Lothar machte mir unverzüglich die geistige Lufthoheit im Philosophiekurs streitig. Bislang hatte ich über alle möglichen Themen und Philosophen schwätzen und spekulieren können, ohne dass meine tatsächliche Ahnungslosigkeit besonders auffiel. Mit Lothars Erscheinen änderte sich das. Die Autoren und Texte, über die ich nur daherplapperte, schien er tatsächlich gelesen zu haben. In seinen Ansichten und Schlussfolgerungen war er erheblich radikaler als ich. Beide waren wir in der Lage, endlos mäandernde Satzungetüme zu bauen, in deren Mitte wir allmählich zu überlegen begannen, wie wir wieder aus ihnen herausfinden könnten, was mal mehr, mal weniger gelang. Lothar fügte seinen langwierigen Exkursen gern noch ein „C'est ça!" hinzu, damit jeder wusste, dass nun wirklich Schluss war.

„Und was würde das praktisch bedeuten, Herr Mackenbrock?" fragte Mikat dann verwirrt und irgendwie unglücklich.

„Das, was ich gerade gesagt habe, Herr Mikat", antwortete Lothar. „C'est ça!"

Er sprach ein hartes Sauerländisch, vermischt mit einem anderen Dialekt, den ich nicht einordnen konnte; auffällig war sein gerolltes, beinahe englisch anmutendes „R". Auf welcher Schule er zuvor war, warum er mitten im Schuljahr zu uns kam, war nicht ganz klar.

Lothar zog bald in eine der ersten „echten" Lippstädter WGs. Ottmar Kirsch hatte mit einigen wechselnden Mitbewohnern das Erdgeschoss des Hauses seiner Eltern am Krummen Weg bezogen und als erstes alle Zimmer pechschwarz gestrichen. Ein stadtbekannter Drogendealer wohnte dort und vermutlich auch eine Frau namens Sue, die Engländerin war oder so tat. Wer genau im Krummen Weg hauste und wer nur zu Besuch war, wusste keiner so genau. Ab und zu kam die Polizei, weil die Musik zu laut war oder die Wohnung wegen Drogen gefilzt wurde. Die Drogenrazzien wurden üblicherweise von Kripo-Kommissar Mangels durchgeführt. Aus einem sehr speziellen Grund: seine Tochter Lisa, genannt „Bullenliesel", war ein ständiger Gast im Krummen Weg. Das allein war ihm schon ein Dorn im Auge. Aber noch mehr ärgerte ihn, dass Lisa mit Spirale liiert war. Spirale war Sohn des Stadtdirektors, seines höchsten Dienstvorgesetzten. Kommissar Mangels hasste seinen Chef und hoffte insgeheim auf den Triumph, Spirale eines Tages beim Verzehr von illegalen Drogen im Krummen Weg zu erwischen. Einmal hätte er es beinahe geschafft. Spirale gelang gerade noch die Flucht durch das sehr schmale Klofenster. Das brachte ihm den Spitznamen „Spirale" ein, sein eigentlicher Name, den er scheußlich fand, war Gregor.

Ich war nur selten im Krummen Weg. Abgesehen davon, dass ich mir dort in meinem Nicki und meinem Oberhemd deplatziert vorkam, hatte ich wieder einmal eine absolut schwarze Lebensphase, schwärzer als die Wände im Krummen Weg je gewesen waren. Tagsüber machte ich lange, einsame Spaziergänge rund ums Wiesenhaus, wo früher der Schleusenwärter wohnte, der für die Instandhaltung der zahlreichen Kanäle und Schleusen im Lippstädter Norden verantwortlich war.

Ich wanderte an nassen Wiesen und erdigbraunen Feldern entlang und murmelte immer wieder die gleichen Satzfetzen vor mich hin. Einer von ihnen lautete „Wiedergewinnung der Sensibilität" in Anlehnung an das vom neuen Bundeskanzler Helmut Schmidt formulierte Regierungsziel „Wiedergewinnung der Stabilität". Meine Zielvorgabe war, wieder „empfindlicher" zu werden. Ich träumte von einem Leben als Künstler, als Klavierspieler, als Schlagzeuger, als Autor, Träume, die mich beinahe beglückten; ich ging, ging, ging, ließ mir den Regen in den Nacken fallen und fürchtete mich vor dem Nachhausekommen.

Trotz meiner existenziellen Krise engagierte ich mich bei den Lippstädter Jungsozialisten und war zeitweise sogar deren Vorsitzender. Besonderen Enthusiasmus für die politische Arbeit entwickelte ich allerdings nicht. Die Lippstädter Linksradikalen hatten für die Jusos ohnehin nur Verachtung übrig. Unsere läppischen Aktionen – wir setzten uns dafür ein, dass der Park des Lippstädter Damenstifts für die Öffentlichkeit zugänglich wurde, oder wir kämpften gegen die geplanten Parkhäuser, die noch mehr Verkehr in die verstopfte Innenstadt ziehen würden – derartige Lächerlichkeiten seien reine Kosmetik und dienten „objektiv" nur einer weiteren Verfestigung der herrschenden Verhältnisse, deren Widersprüche es auf die Spitze zu treiben und nicht zu verkleistern gelte.

Aber es war nett, im SPD-Büro an der Cappelstraße herumzuhängen und mit den sehr hübschen Töchtern von Frau Hoffmann, der Sekretärin, zu flirten. Sie waren Zwillinge und hießen Annette und Babette.

Ab und zu fuhr ich auf ein Wochenendseminar oder eine Unterbezirks-Delegiertenkonferenz, um über „Organisation und Massenmobilisierung" und ähnliche Themen zu diskutieren. So kam ich wenigstens mal raus.

Lothar stand politisch irgendwo bei den Maoisten oder Trotzkisten oder sogar in RAF-Nähe. Jedenfalls schien er interessantere Sachen zu machen als ich. Nachts war er unterwegs, um Plakate zu kleben oder um irgendwelche Objekte auszubaldowern, die man vielleicht eines Tages angreifen würde.

Eines Tages wurde ich zum Entsetzen meines Vaters zur Politischen Polizei nach Hamm zitiert. Ich hatte für ein Juso-Flugblatt verantwortlich gezeichnet, das die Ausbeutung behinderter Menschen anprangerte. Sie stellten in einer „behüteten Werkstatt" Teile für die *Hella* her, den großen Automobilzulieferer und wichtigsten Arbeitgeber in Lippstadt. Ins Visier des „K 14", der Politischen Polizei, zu geraten – das hatten die Maoisten und Trotzkisten bislang nicht geschafft. Für eine kurze Zeit genoss ich in der linken Szene wenigstens etwas Anerkennung.

Die politischen Polizisten in Hamm waren sehr freundlich und fanden es übertrieben, dass einer ihrer Kollegen mich einbestellt hatte. Wie einen Staatsfeind behandelten sie mich zu meiner Enttäuschung nicht.

Im Philosophiekurs lieferte ich mir weiterhin mit Lothar Rededuelle, ansonsten ging es mir einfach nur schlecht.

Spätabends strich ich durch die Lippstädter Kneipen. Im *Goldenen Hahn* ließ ich mich von Hubertus Blanke beim Skat ausnehmen. Ich spielte wirklich furchtbar schlecht und bekam noch nicht einmal mit, wenn Hubertus eine Farbe nicht bediente oder nur eine statt zwei Karten drückte. Wenn das Spiel beendet war, demütigte er mich noch einmal, indem er mir seine Betrügereien auch noch verriet: „Na, wieder nix gemerkt?"

Die nächste Station auf dem Kneipenparcours war Spiro. Spiro war ein Grieche, der nach ein paar Jahren auf der *Hella* genug von der Schichtarbeit hatte und lieber eine Kneipe aufmachte. Bei Spiro klopften wir manchmal schon morgens um neun, wenn wir eine Freistunde hatten (oder sie uns nahmen) und kickern wollten.

„Jungs, ich komme gleich!" rief Spiros Frau Martha im Morgenmantel aus dem Fenster im ersten Stock und sperrte das Lokal für uns auf.

Spiro konnte sehr aufbrausend sein. Eines Abends war der Rotamint-Spielautomat in seiner Kneipe völlig demoliert, und Spiro trug einen dicken Verband um den rechten Arm.

„Scheiß-Kiste hat Funfziger-Serie nicht gegeben."
In der *Stadtschänke* hockte ich rundrückig am Tresen und trank unter der mütterlichen Aufsicht von Frau Kleineidam Altbier. Im Nebenabteil klackten die Kickerbälle, Gerd, der Stammgast mit dem Leninbart, schoss stoisch die „Targets" des Jack-in-the-Box-Flippers ab. Spirale, ebenfalls Stammgast in der *Stadtschänke*, brachte das Kunststück fertig, auf drei zusammengestellten Barhockern ein spiraliges, von Frau Kleineidam toleriertes Nickerchen zu halten.

Gegenüber der *Stadtschänke* befand sich „Utes Salon". Ute war die Tochter eines Schuhhändlers, der auf einem Garagenhof Restposten und Konkursware verkaufte. Sie hatte etwas von einer jugendlichen Puffmutter und verfügte über ein Parterre-Zimmer, das deutlich separiert von der elterlichen Wohnung im zweiten oder dritten Stock war.

In „Utes Salon" hing, ungestört von Lehrern, Eltern und Lehrherren, die selbsternannte Avantgarde der Lippstädter Jugend ab, lümmelte sich auf muffig riechenden Matratzen, hörte Musik und rauchte Haschisch. Auch hier gehörte ich nicht richtig dazu; ich fühlte mich allenfalls geduldet und schaffte es gerade einmal, mir einen Image-Mix aus Genie und Alkohol-Abusus zuzulegen.

Wenn ein Joint bei mir Station machte, zog ich dran. Ein angenehmes Schwindelgefühl stellte sich ein, wie bei einer starken Orientzigarette, Finas oder Camel ohne Filter; insgesamt aber fand ich das Preis-Leistungsverhältnis bei Haschisch nicht in Ordnung. Ich blieb bei Alkohol und hatte zudem den Verdacht, dass sich die passionierten Kiffer nur gegenseitig etwas vormachten.

Frauen waren, abgesehen von Ute, die mehr als Kumpel denn als weibliches Wesen wahrgenommen wurde, nicht vorhanden. Dieser Mangel verlieh der Atmosphäre in „Utes Salon" etwas Wortkarg-Sarkastisch-Frustriertes.

Die Mädchen gingen lieber in den Krummen Weg. Hauptsächlich wegen Winnie, dem Drogenhändler, der aussah wie Jim Morrison. Auch an Ottmar, meinem ehemaligen *Aëtra*-Musikerkollegen, waren sie interessiert, obwohl er tiefe Akne-Narben im Gesicht hatte. Und an Lothar, dem Newcomer, sowieso. Nur an mir nicht. Das war bitter. Aber ich bekam nicht heraus, was ich ändern musste.

Muscheln

Im Krummen Weg fand ein großes Muschelessen statt. Sue, die vermeintliche oder tatsächliche Engländerin, hatte diese extravagante Idee gehabt, sie machte gern ein wenig auf „savoir vivre".

Die Idee war nicht ganz risikofrei. Vielleicht bekamen wir jetzt alle eine Fischvergiftung, denn woher sollten wir wissen, ob die Muscheln aus der Lippstädter Fischhalle wirklich frisch waren; Lippstadt lag nicht gerade am Meer.

Es gab unterschiedliche Meinungen darüber, welche Muscheln wir verwenden konnten und welche besser nicht. „Das merkt man doch schon am Geruch", sagte Sue. Aber die Muscheln rochen alle nach Brackwasser, nach Hafen, und in einem Hafen mischten sich nun mal die unterschiedlichsten Gerüche.

Wir saßen am Küchentisch und bürsteten die Muscheln einzeln ab, befreiten sie von Tang und anderem Schmodder, bevor wir sie in einem großen Topf mit Gemüse-Weißwein-Sud versenkten. Die Muscheln, die nach dem Kochen noch geschlossen waren, sollte man wirklich nicht essen, sagte Sue, das habe ihr ein bretonischer Fischer erzählt, mit dem sie im Urlaub mal was hatte.

Ein ziemlich großer Aufwand. Aber es war lustig, mit den anderen am Küchentisch zu sitzen und einfach mal etwas

zu tun. Normalerweise waren Haushaltsarbeiten ein Graus
für mich. „Du könntest wenigstens mal abtrocknen", forderte mich meine Mutter nach dem Mittagessen vorwurfsvoll auf, was ich manchmal auch höchst widerwillig tat, bevor ich mich zum Verdauungsschläfchen in mein Zimmer
zurückzog.

Das Muschelputzen im Krummen Weg machte Spaß.
Und die Muscheln schmeckten auch: nicht nach Fisch, sondern anders, irgendwie geschlechtlich. Das Muschelfleisch
in der klaffenden, offenen Schale sah obszön aus.

Zu den Muscheln gab es Baguettes, die Sue beim Bäcker,
wo es normalerweise nur Graubrot gab, vorbestellt hatte.

„Backett? Kenn ich nicht. Was soll das sein?" hatte die
Bäckereiverkäuferin gefragt.

„Stangenweißbrot", erläuterte Sue. „Wie in Frankreich.
Wo auch der Kammembär herkommt."

„Muss ich den Meister fragen."

Während wir die Muscheln aßen, köchelten die nächsten
Portionen im Topf. Die Finger klebten, riesige Berge von
leeren Muschelschalen türmten sich auf dem Tisch. Wir
tranken Aldi-Weißwein aus großen Zweiliter-Flaschen, der
aber nicht aus Frankreich, sondern aus Italien stammte. Bier
gab es nicht, was ich blöd fand, aber Sue hatte gemeint, zu
Muscheln passe nur Weißwein. Sie legte eine Platte von
Georges Brassens auf:

„Mais les brav's gens n'aiment pas que
L'on suive une autre route qu'eux
Non, les brav's gens n'aiment pas que
L'on suive une autre route qu'eux…"

„Muss das sein?" fragte Ottmar.

„Ja, das muss sein! Vive la France!"

Juliane setzte sich neben mich. Ich hatte nicht gar nicht
bemerkt, dass sie gekommen war. Sie pickte ab und zu eine

Muschel und sagte nichts. Ich kippte ein Glas Wein nach dem anderen; mein Herz klopfte, und ich wusste nicht warum.

Überraschenderweise kreuzte Hubertus Blanke auf.

„Lothar nicht da? Ich krieg noch zehn Mark von ihm."

„Lothar ist unterwegs. Politics", sagte Ottmar.

„Na – wenn ich schon mal hier bin."

Hubertus bog eine Muschel auseinander und pulte das Fleisch heraus.

„Mies-Muscheln. Der Name sagt alles. Wo habt ihr die her? Aus der Sickergrube?"

„Hau doch ab", sagte Sue. „Friss Muttis Schweinebraten."

„Davon werde ich wenigstens satt."

Allmählich ging das Muschelessen in eine Party über. Statt Georges Brassens sang jetzt Nico:

„And what costume shall the poor girl wear
To all tomorrow's parties ..."

Ottmar knutschte mit Sue.

„Mir ist schlecht", sagte Juliane. „Ich muss an die frische Luft. Hast du Lust, ein paar Schritte zu gehen?"

„Wie – mit mir – jetzt?" fragte ich.

„Wenn es dir nichts ausmacht."

Wir verließen die Wohnung.

„Mach keinen Scheiß!" rief Hubertus mir hinterher.

Eine Weile gingen wir schweigend durch die Nacht.

„Was ist mit dir?" fragte ich. „Die Muscheln?"

„Ich bin ziemlich fertig", sagte Juliane. „Hat aber nichts mit den Muscheln zu tun."

„Womit dann? Musst du mir aber nicht sagen."

„Doch. Kannst du ruhig wissen. Hat mit Ottmar zu tun."

„Was ist denn mit – Ottmar?"

„Hat er vielleicht – brauchst es mir nicht sagen, wenn du

nicht willst – hat er mal was über mich gesagt? Ihr macht doch zusammen Musik."

„*Aëtra* meinst du."

„Ja."

„*Aëtra* ist vorbei."

„Ach so. Wusste ich gar nicht."

„Warst du denn – brauchst du mir natürlich nicht sagen – wart ihr denn mal – zusammen?"

„Irgendwie schon."

„Aber jetzt nicht mehr?"

„Nein. Schon lange nicht."

Juliane fror.

„Willst du meine Jacke?" fragte ich.

„Aber dann frierst du ja."

„Ich hab noch einen Pullover drunter."

„Danke."

Juliane berührte meine Schulter. „Weißt du – Ottmar ist mir nicht egal. Und ich ihm auch nicht, das spür ich. Und dann sagt er, ich soll heute Abend mal vorbeikommen. Das ist doch ein Signal. Das sagt man doch nicht einfach nur so. Und jetzt knutscht er mit dieser Sue. Was soll das, bitte."

„Das ist wirklich nicht in Ordnung", sagte ich. „Wenn du meine Meinung hören willst – ich glaube, Ottmar ist nicht gerade der – Einfühlsamste."

„Der Ottmar tut nur so taff. In Wirklichkeit ist der ganz anders. Viel zarter und sensibler. Er lässt es nur nicht so raushängen."

„Das kann natürlich auch sein."

Juliane hakte sich bei mir ein. Es war schön, so mit ihr zu gehen.

„Vielleicht knutscht Ottmar nur mit Sue rum, um sich zu beweisen, dass er dich nicht mehr braucht", sagte ich. „Obwohl das gar nicht stimmt."

„Meinst du?" fragte Juliane.

Unsere Hände glitten ineinander.

86

„Das ist jetzt nur so eine Theorie. Ich würde einfach mal abwarten."

„Worauf warten? Dass er mit der nächsten Frau rumknutscht?"

„Das muss ja nicht passieren. Ich sagte doch gerade, dass Ottmar ..."

„Ich hab keinen Bock mehr darauf, dass auf meinen Gefühlen rumgetrampelt wird. Und ich hab auch keinen Bock zu warten, bis der Hohe Herr ..."

Mit einem Aufschrei umarmten wir uns.

„Was ist das denn jetzt?" flüsterte ich.

„Weiß ich auch nicht", flüsterte Juliane zurück und küsste mich.

„Du meinst doch gar nicht mich. Du meinst Ottmar."

„Nein, ich meine dich."

Ihre Finger falteten sich in meine.

Ich brachte Juliane nach Haus. Wir lachten, blieben alle paar Meter stehen, küssten uns, küssten das Glück. Die Lichter der Straßenlaternen verschwammen, bekamen riesige Höfe und Koronen. Mein Kopf summte. Ich begriff nichts.

Intermezzo

Es riecht nach Regen. Tropfen hängen an den Blättern, auf den Straßen stehen Pfützen. Grauer Himmel, die Luft kalt und gereinigt. Alles scheint sehr weit und geräumig. Wenn es geregnet hat, sucht man nach Geräuschen, vielleicht, weil man, nachdem der Regen prasselnd und rauschend niedergegangen ist, die Stille nicht glauben kann. Meine Schuhe sind durchfeuchtet, ich passe nicht auf, wohin ich trete. Ich habe die Hände in den Parkataschen, den Kopf wie immer merkwürdig erhoben. Man sagt mir oft, wie lächerlich ich in dieser Pose aussehe, aber ich kann es mir nicht abgewöhnen.

Ich habe kaum geschlafen. Ich bin zufrieden, freue mich über die Morgenluft, über die schwarze Erde auf den Blumenbeeten, über den spiegelnden Asphalt, über die Menschen, die sich auf ihm bewegen. Ich beobachte sie und gebe mir keine Mühe, ihren Blicken auszuweichen. Ein Mann Mitte fünfzig auf einem Fahrrad, die Aktentasche auf dem Gepäckträger, missmutig in die Pedale tretend. Ein anderer, der vor einer Haustür steht und darauf wartet eingelassen zu werden. Er zieht an einer Zigarette und fährt sich mit der Hand von Zeit zu Zeit durchs Gesicht. Eine Frau steigt aus einem Auto, beide gut gepflegt, geht schnell in ein Geschäft.

Ich beobachte die Menschen und bin froh, dass ich es tue und es kann. Denn nur selten kann man eine Entfernung von sich selbst zulassen. Man muss etwas geschafft haben, für einen Augenblick müssen Ziele erreicht sein. Man muss angespannt sein, Sensibilität muss sich entfalten können. Und die Tageszeit muss günstig sein. Es ist sieben Uhr morgens. Ich gehe durch die Stadt, durch die Grünanlagen, ich sehe, ich höre, ich rieche das Laub, ich bin glücklich. Was sonst soll Glück sein?

Wenn ich sie jetzt träfe? Ich bleibe stehen und schließe die Augen, will den Gedanken rückgängig machen. Nein, ich will jetzt niemanden und nichts sehen, auch Juliane nicht.

Aber die Vorstellung ist hartnäckig. Juliane kommt auf mich zu, sie lächelt; ich öffne den Mund, bestenfalls, vielleicht schaue ich sie auch gar nicht an. Wenn sie nun stehen bleibt? Ein Gespräch beginnt? Ich werde doch wohl mit ihr reden können.

Ich will schnell nach Haus. Das Glück ist immer nur ein Augenblick. Nichts ist mehr weit und geräumig, die Häuser, die Straßenschluchten wollen einstürzen und mich unter sich begraben.

Denn wenn ich sie sehe
Berührt mich das Glück.
Vielleicht sollte ich vergessen
Den Abschied, der uns trennen wird.

Gisbert Happe

Ich hatte wieder eine Freundin. Ich ging mit Juliane. Seit Annegret wusste ich, dass miteinander gehen miteinander gehen bedeutete. Immerhin hatte Juliane keine Freundin, die uns ständig begleitete. Wir spazierten durch den Grünen Winkel oder gingen mit Monika, Julianes kleiner Schwester, auf den Spielplatz.

Einmal führte ich Juliane stolz in den „befreiten" Stiftspark. Wir setzten uns demonstrativ auf die Wiese vor der Ruine der alten Stiftskirche.

„Diesen Park haben die Jusos auch für dich erobert", sagte ich.

„Können wir langsam mal gehen?" fragte Juliane.

Sie fühlte sich unwohl wegen der Stiftsdamen, die uns misstrauisch beäugten.

„Lass uns lieber Gisbert besuchen."

Mein Klassenkamerad Gisbert Happe lag mit einem komplizierten, nicht heilen wollenden Beinbruch im Katholischen Krankenhaus. Eckard „Graf Porno" Nolte war, als er seinen Audi 60 vor der Schule ausparken wollte, vom Kupplungspedal gerutscht und hatte Gisbert, der gerade vorbeifuhr, vom Fahrrad geholt.

Juliane mochte Gisbert, weil er sehr amüsant war. Wir besuchten ihn fast jeden Nachmittag. Ich mochte Gisbert auch, fand aber die häufigen Besuche bei ihm übertrieben. In mir wuchs der Verdacht, dass Juliane es vermeiden wollte, mit mir allein zu sein.

Gisberts Vater, ein Pharmavertreter, hatte aus beruflichen Gründen einige Jahre im schwäbischen Illertissen verbringen müssen, bevor er mit seinem Sohn – die Mutter war irgendwie abhanden gekommen – wieder in seine westfälische Heimat zurückkehren konnte, die zwar nicht genau Lippstadt, sondern Münster war, aber Herr Happe und sein Sohn waren dennoch sehr erleichtert.

„In Illertissen kannste in die Iller pissen und sonst gar nichts", sagte Gisbert. Als er an unsere Schule kam, schmiss er gemeinsam mit seinem Vater als erstes eine große Fete. Es gab ein mit Sauerkraut gefülltes Spanferkel, das Bier floss in Strömen – ein glänzender Einstand.

Ich war einige Male mit Gisbert herumgezogen. Der bemerkenswerteste Tag, den ich mit ihm verbracht hatte, lag schon einige Zeit zurück. Er begann in der Nacht zum Ostersonntag im Abstellraum unseres Kellers. Meine Eltern waren verreist, Gisbert und ich hatten uns mit einem Kasten Bier zurückgezogen in der festen Absicht, diesen komplett auszutrinken und uns dabei nicht anmerken zu lassen, dass wir am liebsten gleich alles wieder ausgekotzt hätten.

Als der Morgen dämmerte, lagen wir gut im Rennen, nur noch sechs oder sieben Flaschen waren übrig.

„Wo kriegen wir was zu frühstücken her?"

Ich sprach sehr vorsichtig, denn in meinem Bauch schwappten gefährlich einige Liter Bier.

„Krankenhaus-Caféteria", antwortete Gisbert ebenso vorsichtig.

„Krankenhaus-Caféteria?"

„Bläserchor. Haferkorn."

Das Blasorchester der Kirchengemeinde unter Leitung von Vikar Haferkorn würde gleich sein traditionelles Osterkonzert im Park vor dem Evangelischen Krankenhaus geben, und danach gab es in der Krankenhaus-Caféteria ein üppiges Frühstück. Das wussten wir von Hubertus Blanke, der im Bläserchor Posaune spielte.

„Da machen wir mit."

Gisbert griff nach der alten Geige meines Vaters, die neben einer Gitarre unbekannter Herkunft lag. Die Gitarre hatte einen langen Riss im Korpus.

„Kannst du Geige spielen?" fragte ich.

„Nö. Kannst du Gitarre spielen?"

„Nö."

„Is auch egal. Is sowieso ein Blas –"

Gisbert rülpste. Es dauerte einen Augenblick, bis er seinen Magen unter Kontrolle hatte.

„– orchester."

Die Zuckungen von Gisberts Magen übertrugen sich auf meine Eingeweide, ich kotzte in den Plastikeimer, den wir für alle Fälle neben die Bierkiste gestellt hatten.

„Prost!" sagte Gisbert.

Wir wankten mit Geige und Gitarre zum Evangelischen Krankenhaus hinüber.

Anfang der Sechzigerjahre hatte der Krankenhauspark noch direkt an unser Grundstück gegrenzt und war ein wirklicher Park. Es gab verschlungene, mit roter Asche bestreute Wege, Sträucher, die weiße Knallerbsen trugen, und einen wütenden Gärtner, der die Kinder aus der Nachbarschaft, die seiner Meinung nach im Park nichts zu suchen hatten, aus seinem Reich verscheuchte.

Dann wurde die Verlängerung der Barbarossastraße trassiert, eine breite Schneise entstand, die den verbliebenen Park fortan von unserem Grundstück trennte. Das alte Krankenhaus, ein roter, wilhelminischer Backsteinbau, wurde abgerissen und durch einen großen weißen Klotz ersetzt, von dessen gekachelter Fassade die ersten Fliesen schon bald wieder abfielen. „Park" war seitdem die den Klotz umgebende Rasenfläche. Die meisten Bäume waren abgeholzt worden, nur ein paar standen noch ziemlich verloren herum und wunderten sich, wo sie gelandet waren.

„Puh – ihr stinkt!" begrüßte uns Hubertus Blanke. „Was wollt ihr hier?"

Gisbert wedelte mit der Geige, ich hielt die Gitarre am Griffbrett wie einen überdimensionierten Tennisschläger.

„Mitspielen, was sonst."

„Was – mit dem Schrott? Ihr seid ja total dicke."

„Exakt."

„Haferkorn lässt euch nie im Leben mitmachen."

„Wolln wa wetten?" sagte Gisbert. „Kiste Bier? Zentner Tabak? Lore Fritten? Wenn Haferkorn rumzickt, sagen wir einfach: ‚Vikar, Sie sind aber ziemlich unlocker.' Dann spurt er schon."

Haferkorn traf ein. Er schob sein Rennrad neben sich her. „Tschuldigung, Jungs, hatte 'nen Platten. Was ist das?" Er deutete auf unsere Instrumente.

„Wir wollen mitspielen", sagte ich.

„Im Ernst jetzt?"

„Wegen dem Frühstück nachher."

„Frühstück?! Na gut. Ihr sät nicht und ihr erntet nicht, und Gott ernährt euch doch. Stellt euch einfach dazwischen. Aber ich will keinen Ton von euch hören, kapito?"

Der Bläserchor gab ein schiefes, unausgeschlafenes Platzkonzert auf der Rasenfläche vor dem Krankenhausklotz. Trompeten kieksten, Posaunen furzten. Ich hatte mir die Gitarre umgehängt, Gisbert zupfte hingebungsvoll und weitgehend geräuschlos ein großes Pizzicato auf der alten Geige meines Vaters.

In der Caféteria gab es belegte Brötchen und Butterkuchen.

„Wie fanden Sie unser Konzert?" fragte ich eine ältere, offenbar ranghohe Krankenschwester.

„Interessant", antwortete sie. „Das war mal was Neues. Gitarre und Geige in einem Blasorchester."

„Hat man uns denn auch gut gehört?"

„Ganz deutlich. Wirklich sehr schön. Vielen Dank."

Gisbert saß mit zwei Schwesternschülerinnen zusammen und erzählte Witze.

„Sagt ein Mann zum anderen: ‚Wie geht's?' Sagt der andere: ‚Gestern ging's noch, heute hab ich noch nicht probiert.'"

Die beiden Schwesternschülerinnen prusteten. Gisbert grinste wie der Showmaster Lou van Burg vom *Goldenen Schuss*. Ich hätte mich gern von der alten Stationsschwester losgeeist, aber sie wollte noch von mir wissen, wie lange wir geübt hätten und wann wir wiederkämen.

Dann war das Frühstück zu Ende.

„Tschüss, Mädels, treibt's nicht zu doll", rief Gisbert den kichernden Schwesternschülerinnen zu.

Haferkorn nahm mich beiseite. „Damit wir uns richtig verstehen: das war eine einmalige Sache, kapito? Nur dieses eine Mal!"

„Alles klar, Vikar."

Gisbert und ich brachten die Instrumente zurück in unseren Keller. Danach stromerten wir durch die feiertäglich verschlafene Stadt. Looking for adventure, but there was no adventure at all. Von einer Baustelle pflückte Gisbert eine vor sich hin blakende Petroleumlaterne ab, hielt sie wie ein trunkener Nachtwächter und ließ sie nach ein paar Metern wieder fallen.

„Erzähl mal'n Schwank aus deinem Leben", sagte Gisbert.

Mir fiel keiner ein.

Eine Zeitlang lungerten wir im Bahnhofskiosk herum. Gisbert blätterte in den *St. Pauli Nachrichten*.

„Jetzt ist aber gut!" schrie der Kioskbesitzer.

„Ich brauch das für mein Referat in Biologie!"

„Raus, aber sofort!"

Wir gingen in die *Kupferpfanne* gegenüber vom Bahnhof.

„Einmal Pommes Jägersoße mit zwei Gabeln."

„Dauert 'n Moment", sagte die Imbissverkäuferin. „Friteuse ist noch nicht heiß."

Die Pilzsoße auf den Pommes hatte eine Haut.

„Kennste Unterschied zwischen Ehefrau und Kantinenessen?" fragte Gisbert.

„Keine Ahnung."

„Gibt keinen. In beiden stochert man lustlos herum."

„Pommes Jäger macht einssechzig", sagte die Imbissverkäuferin. „Und gepennt wird hier nicht."

Gisberts Kopf war auf die Tischplatte gesunken. Wir trennten uns vor dem Bahnhof, der diesen Namen nicht mehr verdiente, seit das alte, vielgiebelige, an eine Westernkulisse erinnernde Bahnhofsgebäude durch einen erbärmlichen Flachbau ersetzt worden war.

„Lass dir einen wachsen von hier bis nach Sachsen", sagte Gisbert und schwankte in den Fußgängertunnel, der in den Lippstädter Süden führte.

Ich legte mich zu Hause in die Badewanne, schüttete etwas Badezusatz, der merkwürdig scharf roch, ins Wasser, und schlief ein. Als ich aufwachte, war das Badewasser widerlich kalt. Meine Haut, aufgedunsen und rissig, fühlte sich an wie puddingartiger Schleim. Der vermeintliche Badezusatz war Ajax-Salmiakreiniger gewesen.

„Die Pille ist doch fauler Zauber – Ajax hält das Becken sauber."

Auch so ein Spruch von Gisbert.

Ich versuchte, aus der Wanne zu steigen und konnte kaum auftreten. Die Badezimmerfliesen hatten sich in heiße Herdplatten verwandelt. Vorsichtig trocknete ich mich ab und ging ins Bett, in das irgendjemand stachelige Disteln geschüttet hatte.

„Können wir jetzt mal gehen?!" wiederholte Juliane.

„Na gut, dann besuchen wir eben Gisbert."

Juliane und ich verließen den Stiftspark und machten uns auf den Weg zum nicht weit entfernt gelegenen Katholischen Krankenhaus.

„Ihr schon wieder!" sagte Gisbert.

Sein Bein hing in einer monströsen, galgenartigen Apparatur. Aus dem Gips schauten die Zehen heraus, die mit einer rötlichen Tinktur eingepinselt waren. Sein Zimmergenosse, ein alter Mann, war in ein ähnliches Ungetüm gepfercht.

Juliane und ich saßen links und rechts von Gisberts Bett. Der Mitpatient wimmerte mit offenem Mund leise vor sich hin. Unser Gespräch tröpfelte.

„Scheiße, jetzt muss ich auch noch kacken", sagte Gisbert.

Er klingelte, die Schwester brachte die Bettpfanne.

„Wenn Sie bitte kurz rausgehen würden –"

„Wir wollten sowieso gerade –" Juliane stand von ihrem Stuhl auf.

„Schreibt ihr mir noch was auf meinen Flunken?" fragte Gisbert.

„Mach du", sagte Juliane.

„Dies ist das Werk von Lehrer Nolte, der nicht mehr Auto fahren sollte", kritzelte ich mit Kuli auf Gisberts Gips.

„Also dann bis morgen", sagte Juliane.

„W a h r s c h e i n l i c h bis morgen", sagte ich. Wir mussten ja nicht jeden Nachmittag bei Gisbert im Krankenhaus verbringen.

Hermann Löns

Ganz selten gingen Juliane und ich zu mir nach Haus.

Wir lagen auf der Tagesdecke meines Bettes und knutschten. Meine Hand wanderte in Julianes Bluse, berührte ihre kleinen, vermutlich wunderschönen Brüste. Juliane streichelte flüchtig über meine Jeans, die sich wegen der in ihr stattfindenden Erektion bretthart anfühlte. Ich begann, Julianes Bluse aufzuknöpfen, sie ließ es geschehen.

Es klopfte. Juliane erschrak.

„Wollt ihr Kaffee trinken?" fragte meine Mutter von

draußen. Ihre Stimme hörte sich merkwürdig hoch und irgendwie schamerfüllt an.

„Nein, wir w ollen keinen Kaffee trinken!" rief ich durch die geschlossene Zimmertür.

Juliane setzte sich auf und knöpfte ihre Bluse wieder zu.

„Hast du ein Schachbrett?" fragte sie.

Ich überredete Juliane – große Lust dazu hatte sie nicht – zum Abendessen zu bleiben. Meine Mutter hatte im Wohnzimmer aufgedeckt. Normalerweise aßen wir abends in der Küche. Es gab schwarzen Tee, Leinsamenbrot, Braunschweiger und grobe Leberwurst. Ich ekelte mich vor diesen Wurstzipfeln, deren Ränder meistens schon etwas angetrocknet waren.

„Juliane", sagte mein Vater. „Schöner Name."

„Was machen denn Ihre Eltern?" fragte meine Mutter. Ihre Stimme klang immer noch eigenartig hoch. „Beruflich, meine ich."

„Mein Vater ist Dreher", antwortete Juliane.

„Dreher?"

„Dreher. Ja. Werkzeugmacher auf der *Hella*."

„Sie gehen aber doch aufs Gymnasium?"

„Ja. Wieso?"

„Lesen Sie denn viel? Ich meine, wird bei Ihnen zu Haus auch gelesen?"

„Wie meinen Sie das?"

„Grün ist die Heide, die Heide ist grün, aber rot sind die Rosen, eh' sie verblühn", sagte mein Vater.

„Wie bitte?" fragte Juliane.

„Hermann Löns, der Heidedichter. Kennen Sie den nicht?"

Mein Vater spitzte die Lippen und pfiff einige fast lautlose Töne, die sich anhörten wie das Pausenzeichen vom Bayrischen Rundfunk.

„Hermann Löns. Grün ist die Heide –"

Mein Vater pfiff abermals.

baren konnten. Und es gab „Genossinnen", die so etwas wie Patenschaften für die „Sympathisanten" übernahmen. „Sympathisant" war beispielsweise, wer den Schritt von der Sozialdemokratie zur „wirklichen" Arbeiterbewegung wagen wollte, aber noch Bedenken hatte und sich nicht richtig traute. Als Sympathisant galt ich auch dann noch, als ich bereits in den MSB eingetreten war. Der nächste Schritt war, mich behutsam an die Mitgliedschaft in der einzig wahren Partei, der DKP, heranzuführen. In die DKP konnte man nicht einfach so eintreten wie in die SPD, es waren umfängliche Vorbereitungen und Schulungen nötig, bevor man überhaupt erst einen „Kandidatenstatus" erlangte.

Die Genossin, die sich diesbezüglich um mich kümmern sollte, hieß Karoline Blechschmidt. Sie fuhr eine Ente und war schon vierundzwanzig. Ich war im Frühjahr 1976 erst neunzehn.

Karoline führte Kadergespräche mit mir, klärte mich darüber auf, wie wichtig die unverbrüchliche, wenn auch manchmal schwierige Treue zur DDR sei, dass man sich auf keinen Fall spalten oder auseinander dividieren lassen dürfe. Aber wir sprachen auch über heikle Themen: über den Stalinismus, die Entkulakisierung und die Schauprozesse in der Sowjetunion, und ich gewann den Eindruck, dass auch überzeugte Kommunisten in gewissen dunklen Stunden ihre Zweifel hatten, die sie dann aber richtigerweise hinter die Parteidisziplin zurückstellten, weil dem Klassenfeind keine Angriffsfläche gegeben werden durfte.

Karoline, obwohl sie nicht besonders hübsch war, war mir sympathisch. Ich sympathisierte. Auf den MSB-Feten knutschten wir miteinander. Danach fuhr sie mich mit ihrer Ente nach Zwischenhausen 5½. Ich wusste nicht, ob das noch zu ihrem Patenschafts-Auftrag gehörte, es war mir auch egal. Vor meinem Haus knutschen wir weiter, bis die Scheiben der Ente beschlugen, die Kälte in unsere Beine kroch und Karoline sagte: „Ich fahr dann mal."

Eines Nachts traute ich mich.

„Würdest du mit mir schlafen wollen?" flüsterte ich.

Ich gebrauchte die gleiche, wohl erwogene, keinesfalls drängende Formulierung wie drei Jahre zuvor bei Juliane.

„Jaahh!" flüsterte Karoline zurück. Das hatte ich nicht zu hoffen gewagt; ich war auf ein „Lieber nicht" oder auf ein „Ich verhüte gerade nicht" gefasst gewesen.

Wir gingen nach oben.

Ich hatte wenig Ahnung von Frauen. Bei Juliane hatte ich es gerade mal geschafft, den obersten Knopf ihrer Jeans aufzumachen, meine Finger unter das Gummiband ihrer Unterhose zu schieben und mich bis zur „Waldgrenze" vorzutasten. Was dahinter war, stellte ich mir ungefähr wie ein Schlauchboot mit breiten, rosigen Wülsten vor.

Karolines Möse war kein Schlauchboot, sondern ein länglicher, haariger Schlitz. Ich sah ihn nur kurz und eher zufällig, denn genau hinzugucken oder sie gar zu bitten, mir ihre Möse zu zeigen, traute ich mich nicht. Aber ich fasste hin, fühlte, war von der Glitschigkeit überrascht, die ich dort vorfand.

Karoline roch nach Rauch, nach Schweiß und ein wenig nach Milch. Sie trug schwarze Wäsche, so etwas hatte ich auch noch nie gesehen. Über Verhütung verloren wir kein Wort.

Am nächsten Morgen brach sie hastig auf, sie musste zur Vorlesung, und dann war da noch ihr Freund, mit dem sie zusammenwohnte.

Wir schliefen noch einige Male miteinander. Einmal hinterließ sie einen großen nassen Fleck auf meinem Betttuch, den ich mir nicht erklären konnte, hatte sie ins Bett gepisst? Aber es roch anders.

Karolines Freund war strohblond und hatte einen identischen Zwillingsbruder, der ebenfalls in Marburg studierte. Wenn ich ihn (oder seinen Bruder) in der Mensa sah, wusste ich nie, ob ich dem Menschen gegenüberstand, mit dem mich ein heimliches Band verknüpfte, oder einem völlig Unbeteiligten. Dass Karoline wegen mir ihren Freund aufgäbe, stand nicht zur Diskussion, sie war ja nur meine „Patin". Ich war auch nicht besonders in Karoline verliebt und hatte sogar noch ein paar andere Eisen im Feuer. Eines davon hieß Gerda. Sie war Mitglied im *Sozialistischen Hochschulbund*. Mit dem SHB schloss der MSB temporäre Bündnisse, obwohl der SHB nur die Studentenorganisation der SPD und somit klassenbewusstseinsmäßig weit unterlegen war. Mit Gerda wollte ich gewissermaßen die Spaltung der Arbeiterbewegung überwinden. Aber Gerda ließ mich brüsk stehen, nachdem sie von der Geschichte mit Karoline Wind bekommen hatte.

Als ich nach den Sommerferien nach Marburg zurückkehrte, hatte auch Karoline kein Interesse mehr an mir. Die Phase der Sympathisantenbetreuung war vorbei.

La Vie de Bohème

Im Wintersemester 1976/77, meinem dritten in Marburg, hatte ich immer noch nicht begriffen, was das hieß: zu studieren. Vom Gymnasium war mir nichts von dem, was ich dafür nötig gehabt hätte, auf den Weg gegeben worden.

Statt mich um mein Studium zu kümmern, machte ich Politik. Ich half bei den illegalen Asta-Wahlen in München, war Ordner bei den großen DKP-Volksfesten in Dortmund, kämpfte gegen reaktionäre Lehrinhalte und das Hochschulrahmengesetz, kam mir tausendmal schlauer vor als die Professoren, deren Vorlesungen wir sprengten.

Meistens lag ich bis mittags im Bett und begab mich dann zur Mensa, dem „größten Haus am Platze", wo ich auf Kommilitonen traf, die ihre Tage ähnlich strukturierten wie ich: Uwe Ossege, sehr dick, blondlockig und immer leicht müffelnd, seine Schuhe hatten weiße Salzränder; Hans-

Peter Reckling, der im Rollstuhl saß und dem ich manchmal aufs Klo helfen musste, oder der stämmige, breitschultrige Heinz Fouqué, Winzersohn von der Mosel. Heinz Fouqué war, was seinem Aussehen entsprach, ein „Praktiker", auch in rechtlichen Dingen. Er führte mich direkt in meine erste juristische Niederlage.

Am Pilgrimstein war ich von einem verzweifelt wirkenden jungen Mann – kaum älter als ich – angesprochen, ja angefleht worden:

„Bitte leih mir Geld, sonst ergeht es mir schlecht!" Spätestens in zwei Tagen bekäme ich das Geld zurück, ich könne seinen Personalausweis als Sicherheit haben.

„Wie viel brauchst du denn?"

„Mindestens fünfzig Mark!"

Ich war gerade auf der Bank gewesen und gab ihm fünfzig Mark. Auf seinen Personalausweis verzichtete ich, weil ich als angehender Jurist wusste, dass ich ihn gar nicht als Sicherheit nehmen durfte. Wir tauschten nur unsere Adressen aus.

Nach drei Tagen ging ich bei meinem Schuldner vorbei, traf ihn auch an und wurde vertröstet. Es war keine gute Gegend, wo er wohnte. Auch ein zweiter Besuch brachte nichts.

Da trat Heinz Fouqué, der „Praktiker", auf den Plan. Er sagte: „Besorg dir einen Mahnbescheid vom Amtsgericht. Das kostet dich nichts, und dann m u s s er zahlen."

Ich erwirkte einen Mahnbescheid, was tatsächlich sehr einfach war. Mein Schuldner blieb dennoch säumig. Als ich ein drittes Mal wegen der fünfzig Mark bei ihm vorsprach, hatte er ein paar Brüder oder Cousins um sich versammelt, die mir Prügel androhten. Die fünfzig Mark sah ich nie wieder.

In der Mensa aßen wir Stammessen eins oder zwei und hörten im Foyer noch ein wenig den erbitterten Megaphon-Schlachten zwischen KBW, KPD/ML, KPD/AO und anderen politischen Splittergruppen zu. Für die KPD/ML agitierte mit schriller Stimme und hektischen roten Flecken im Gesicht eine schmale, junge Frau, die sichtlich unter den höhnischen Zwischenrufen litt, die sie ständig kassierte. Trotzdem war sie fast jeden Mittag da.

Von der Mensa wechselten wir in die Caféteria des Savigny-Hauses und machten uns über die traurigen Gestalten lustig, die mit ihren dicken roten Schönfelder-Gesetzessammlungen vom Kaffeeautomaten in die Bibliothek schlichen. So etwas hatten wir nicht nötig.

Abends streiften wir durch die Kneipen, die *Zum schwarzen Walfisch*, *Lahntor* oder *Alt Weidenhausen* hießen. Im *Wal* traf ich eine Frau, die sich bitter darüber beklagte, dass sich Männer beim Sex nur für Möse und Titten interessierten und quasi nur diese zwei beziehungsweise drei Knöpfe zu drücken bereit seien. Das habe sie gründlich satt. Von der Existenz einer Klitoris wüssten auch nur die wenigsten. Und durch die Schwangerschaft seien ihr Bauch und Brüste ruiniert worden. Ich wunderte mich, warum sie das alles ausgerechnet mir erzählte, hätte gern noch mehr von ihr erfahren, aber wir verloren uns im trubeligen *Wal* wieder aus den Augen.

Nicht jeden Abend war etwas los. Oft saß ich allein an dem wackeligen Sperrmülltischchen in meinem Zimmer und trank ideologisch korrekten Nordhäuser Doppelkorn, der aus der DDR kam und bei Aldi erhältlich war. Manchmal klopfte es, und mein Nachbar, das ständig lächelnde „Kind Gottes", kam zu Besuch. Wir diskutierten über Religion und Politik, bis wir betrunken waren.

Simca 1000 Rallye eins

Tante Emmi schenkte mir tausend Mark.
„Du hast es ja nicht so dicke, Jüngsken."
Von diesem Geld kaufte ich mein erstes Auto: einen ro-

ten Simca 1000 Rallye eins. Ich hatte ihn auf dem mehrere Meter langen Schwarzen Brett in der Uni-Mensa entdeckt. „Wenig gelaufen, top in Schuss", stand auf dem Zettel. Markenname und Typbezeichnung elektrisierten mich. Simca 1000 Rallye eins – das war etwas anderes als die langweiligen Käfer und R 4, die meine Freunde und Kommilitonen fuhren.

Der Verkäufer hieß Martin Herbster. Wir vereinbarten einen Besichtigungstermin.

Martin Herbster wohnte in einem Hinterhof in der Weidenhäuser Straße direkt über dem Schuppen, in dem der rote Simca 1000 Rallye eins rückwärts eingeparkt stand. Die kleinen runden Frontscheinwerfer schauten mich wie Kinderaugen wissbegierig an.

Martin Herbster war gerade aufgestanden. Ein weißes, morgenmantelartiges Gewand umwallte ihn, in der Hand hielt er eine große Tasse, aus welcher der Zippel eines Teebeutels hing.

„Schalensitze. Drehzahlmesser. Abarth-Sportauspuff. Talbot-Außenspiegel", sagte er und strich sich die langen blonden Haare aus dem Gesicht. „Die Karre ist top. Nur die Austausch-Maschine muss noch eingetragen werden. Reine Formsache. Steig mal ein."

Ich nahm hinter dem wulstigen Lederlenkrad Platz und brachte meine Hände in Zehn-vor-zwei-Stellung.

„Geil, was?" fragte Martin Herbster und schlürfte an seinem Tee.

Ich trat aufs Kupplungspedal. Irgendwo im Auto machte es „Knack". Hatte Martin Herbster das auch gehört? Hatte ich etwas kaputtgemacht? Ich sagte besser nichts.

„Wie sieht es mit einer Probefahrt aus?" fragte ich stattdessen.

„Gerade schwierig, die Karre ist abgemeldet, bräuchten wir rote Kennzeichen. Wir könnten dann natürlich gleich weiter zum TÜV, den Motor eintragen lassen – wenn du den Wagen kaufen willst. Hat nicht jeder, so einen Simca. Und ist echt ein Schnäppchen."

„Woher hast du ihn denn?"

„Von einem Freund. Hat jetzt Familie. Brauchte 'nen Kombi. Und ich hau bald ab. Nach Indien-Verschwindien."

Das Knacken, als ich das Kupplungspedal trat ... Im Fernsehen gab es diese Lenor-Weichspüler-Reklame. Aus dem Körper einer jungen, Wäsche sortierenden Hausfrau löste sich ihr durchsichtiges schlechtes Gewissen und fragte eindringlich: „Ist deine Wäsche wirklich weiß? Könnte der Bademantel nicht flauschiger sein?" Die junge Hausfrau erschrak fast zu Tode, verwendete von nun an Lenor, und bekam zum Schluss des Spots Besuch von ihrem guten Gewissen: „Alle haben dich so lieb!"

Ich fühlte mich wie diese Lenor-Hausfrau. Ich hatte ein schlechtes Gewissen. Um es loszuwerden, gab es nur einen Weg: ich musste rauskriegen, was mit der Kupplung war. Und dafür musste ich eine Probefahrt machen.

„Gut, wir machen das mit den roten Nummern", sagte ich. „Ich zahle die. Auch wenn ich den Wagen nicht kaufe."

Am nächsten Tag hatte Martin Herbster rote Kennzeichen besorgt. Ich machte eine Probefahrt.

Die Kupplung fühlte sich wirklich ziemlich stramm an, wie zwei Magnete, die aufeinander klackten. Sanftes Anfahren war so gut wie unmöglich. Aber vielleicht war die Kupplung ja nur sportlich eingestellt. Ich sagte Martin Herbster immer noch nichts.

Wir fuhren zum TÜV an der B3.

„Der darf da gar nicht rein, der Motor", sagte der Prüfer.

„Der darf da rein", sagte Martin Herbster. „Ist ein regulärer Simca-Motor."

„Haben Sie einen Nachweis, woher der Motor stammt?"

„Für 'ne Austausch-Maschine braucht man doch keinen Nachweis. Ist doch nur ein anderer Motor. Ein ganz normaler Simca-Motor."

„Kann ich nicht eintragen", sagte der TÜV-Prüfer. „Ich brauche einen Nachweis."

„Jetzt seien Sie mal nicht so! Machen Sie doch nicht zwei junge Leute unglücklich!"

Der TÜV-Prüfer atmete hörbar aus.

„Na schön. Ich trag Ihnen die Maschine ein. Sie liefern mir den Nachweis aber nach, haben wir uns verstanden?" Martin Herbster dachte nicht daran, und auch der TÜV-Prüfer war nicht ernsthaft interessiert.

Ich kaufte den roten Simca 1000 Rallye eins. Er bekam das Kennzeichen MR-AU 969. An die straffe Kupplung gewöhnte ich mich.

Trotz seiner Rallye-Streifen fuhr der Simca nicht schneller als hundertzehn, selbst wenn ich ihn längere Zeit auf der Autobahn bewegte. Der „andere Motor" stammte nämlich aus einem gewöhnlichen Simca 1000 und hatte nur vierzig PS. Eigentlich gehörte in den Simca 1000 Rallye eins ein Motor mit sechzig PS.

Aber auf die Endgeschwindigkeit kam es auch gar nicht an, denn der Simca war eher ein Auto für anspruchsvolle, kurvige Landstraßen. Wie beim Porsche saß der Motor hinten. Wenn ich am Scheitelpunkt einer Kurve energisch aufs Gas trat, brach das Hinterteil – selbstverständlich kontrolliert – ein wenig aus. „Heck durch die Kurve treiben" nannte ich das. Meine gelegentlichen Mitfahrer erblassten.

Einige Male fuhr ich von Marburg nach Lippstadt, durchs Sauerland, die Strecke war wie gemacht für meinen Simca 1000 Rallye eins. Meine Finger krallten sich fest in die Wülste des Lederlenkrads, während ich Überholmanöver riskierte, die auch mit doppelt so viel PS fragwürdig gewesen wären. Erbarmungslos drosch ich das Heck des Simca durch Haarnadel- und S-Kurven, beim Herunterschalten krachten die Gänge. „Schönen Gruß vom Getriebe!" hätte Hubertus Blanke gesagt.

Hubertus traf ich an einem Wochenende in Lippstadt

und führte ihm stolz meine Neuerwerbung vor. Er tippte sich an die Stirn.

„Ein Simca? Spinnst du?! Dafür gibt's doch überhaupt keine Teile auf dem Schrott!"

Mit Hubertus war Juliane nach Lippstadt gekommen. Fast zwei Jahre hatten wir uns nicht gesehen. Als sie die *Stadtschänke* betrat, bekam ich einen Schweißausbruch und flüchtete reflexartig ans andere Ende des Tresens. Doch Juliane steuerte auf mich zu, stellte sich neben mich und tätschelte meinen Arm.

„Hey", sagte sie.

Sie sah schöner aus denn je.

„Wo ist Lothar?" fragte ich.

„Irgendwo. Wie geht es dir?"

„Geht so."

„Komm doch mal nach Freiburg. Mit deinem tollen neuen Simca", sagte Juliane. „In Marburg läuft es ja wohl nicht so gut für dich."

Ich war verwirrt.

Auf dem Rückweg von Lippstadt hörte sich das Getriebe des Simca sehr schlimm an. Die Gänge ließen sich nur noch mit roher Gewalt einlegen. Es war eindeutig: die Kupplung trennte nicht mehr richtig, sie war kaputt. Zum Schluss konnte ich nur noch im zweiten und dritten Gang fahren. Mit Mühe und Not erreichte ich Marburg.

Ich ging zu Martin Herbster, der mir das Auto vor einem Vierteljahr verkauft hatte. Er musste mir irgendwie helfen. Aber Martin Herbster wohnte nicht mehr in der Weidenhäuser Straße und hätte wahrscheinlich auch jede Verantwortung abgelehnt.

In einer Simca-Vertragswerkstatt ließ ich für vierhundert Mark eine neue Kupplung einbauen. Mir war nicht ganz klar, warum ich das tat. Die Reparatur war Schwachsinn. Ich hätte mich von diesem Unglücksauto trennen sollen, weg mit Schaden.

„Komm mit deinem tollen Simca doch mal nach Frei-burg!" – vielleicht war es das.

Ich musste mobil bleiben.

An einem trüben Sonntag im November, verkatert und vernichtet von einer halben Flasche Nordhäuser Doppel-korn am Abend zuvor, als ich in Marburg überhaupt nicht mehr weiterwusste, rief ich in Fildersheim an.

„Hallo!" sagte Juliane. „Das ist ja klasse, dass du dich meldest."

„Ich hätte Bock, heute nach Freiburg zu kommen. Geht das?"

„Ja, klar geht das. Ich freu mich. Bis nachher!"

Ich fuhr los.

In einem Waldstück bei Marburg, auf dem Weg zur Au-tobahn, nasses Laub lag auf der Straße, kam ich in einer nicht allzu scharfen Rechtskurve ins Rutschen. Das Heck des Simca begann zu schwänzeln, brach aus, brach stärker aus, ich lenkte gegen, dachte, ich schaffe es noch, kam von der Straße ab, fuhr einen schwarz-weißen Leitpfosten um, dachte, oh, jetzt geht es gegen den Baum, aber ich schlitter-te knapp vorbei, der Simca stellte sich quer, überschlug sich, eine Weinflasche, die auf der Rückbank gelegen hatte, schoss knapp an meinem Kopf vorbei, zertrümmerte die Frontscheibe. Dann stand der Simca 1000 Rallye eins wie-der auf seinen Rädern, halb auf der Straße, halb auf dem Bankett, und der Motor lief sogar noch.

Mir war nichts passiert. Die Fahrertür ließ sich nicht öff-nen, ich kroch durch die Beifahrertür ins Freie, war ganz ruhig, dachte, wo ist denn nur das Warndreieck, fand es im Fußraum vor der Rückbank, und stellte es auf.

Ein anderes Auto hielt, der Fahrer war ein pensionierter Polizeibeamter und meinte, da hätte ich aber mächtig Glück gehabt. Da sonst nichts zu tun war, fuhr er weiter. Zum Abschied machte er mit beiden Zeigefingern eine seltsame, dirigentenhafte Bewegung: „Warndreieck nicht vergessen!"

Der Simca war völlig verbeult, das Dach war eingedrückt, im Innenraum lagen überall die Glaskrümel der Frontscheibe. Ich kroch durch die Beifahrertür zurück hinters Lenkrad und probierte, ob ich einen Gang einlegen konnte. Es funktionierte. Die Kupplung war ja auch ganz neu.

Ich fuhr nach Marburg zurück, mit tränenden, zusammengekniffenen Augen, die wegen der fehlenden Windschutzscheibe völlig ungeschützt waren.

Ich ging in eine Telefonzelle, rief in Fildersheim an.

„Ich komme heute doch nicht. Mir ist was dazwischen gekommen."

„Schade", sagte Juliane. „Komm halt ein andermal."

Dann trank ich die Flasche Nordhäuser Doppelkorn vom Vorabend leer.

Ein paar Wochen stand der Simca 1000 Rallye eins auf dem Hof von Zwischenhausen 5 ½, bis der Sohn von Frau Zwick ungnädig wurde. „Der Wagen muss da weg!"

Im Parka mit aufgezogener Kapuze und Sonnenbrille fuhr ich den demolierten und frontscheibenlosen Simca 1000 Rallye eins zu einem Schrottplatz außerhalb von Marburg. Zugelassen und versichert war er zu diesem Zeitpunkt nicht mehr. Aber die Polizei konnte ja nicht überall sein.

Hubertus Blanke hatte gleichermaßen recht und unrecht gehabt. Vielleicht waren Simca-Teile auf dem Schrott tatsächlich rar. Nach dem Crash auf der Landstraße bei Marburg wurden es aber ein paar mehr. Ich hatte mein Möglichstes getan.

Ursula

Wenn die Lokale schlossen, kauften wir beim Wirt einen Kasten Bier, und die Party ging in Privatwohnungen weiter. Einmal landeten wir bei Samuel Assmann. Er hatte ein ziemlich großes Zimmer mit unendlich vielen Büchern, die Regale ragten bis an die Decke.

Samuel Assmann war Vorsitzender des Marburger Allgemeinen Studentenausschusses, weshalb er auch Sammy Asta genannt wurde. Ich bewunderte seine Lässigkeit. Besonders beeindruckend fand ich seine spezielle Art zu lachen, die ich zu kopieren versuchte: Sammy ließ den Unterkiefer herunterklappen und seinen Mund die Gestalt eines Vierecks annehmen. Dazu zog er die Luft ein, statt sie ausströmen zu lassen, und produzierte so ein kehliges, heiseres Geräusch.

Sammys Zimmer war gestopft voll mit angetrunkenen, lärmenden Nachtgestalten.

„Hallo!" sagte jemand neben mir. „Kennst du mich noch?"

Es war die Frau, die mir vor einiger Zeit im *Schwarzen Walfisch* begegnet war und die mir Dinge über Frauen erzählt hatte, die zu erfragen ich mich nie getraut hätte. Sie hieß, das erfuhr ich jetzt, Ursula.

Wir zwängten uns auf das alte Sofa unterm Fenster und redeten. Ab und zu legte sie ihre Hand auf meinen Arm. Die Welt um uns herum schien zu versinken.

Ursula erzählte, dass sie in der Univerwaltung als Sekretärin arbeite, und dass sie eine kleine Tochter habe, die jetzt, wie überhaupt die meiste Zeit, bei ihrem Vater sei.

„Ein Arschloch", meinte sie.

Ich erzählte von meinem Jurastudium, mit dem ich gerade Probleme hätte, hauptsächlich wegen der verkrusteten Strukturen an der Uni. Ursula, die als Universitätsangestellte gewissermaßen im Innern der Maschine saß, stimmte mir zu.

„Eigentlich muss man da mit dem großen Hammer rein." Jedenfalls gebe es Reformbedarf.

Irgendwann fragte ich: „Wollen wir vielleicht zu mir gehen – oder zu dir?"

„Was? Nein!" sagte Ursula sehr befremdet und setzte sich weg.

Spiegelslust

Meine Eltern machten sich Sorgen um mich und kreuzten eines Sonntags in Marburg auf. Ich führte sie in die Ausflugsgaststätte *Spiegelslust*, von der aus man einen hübschen Blick über die Altstadt hatte. Einen Aussichtsturm gab es auch. Unter Marburger Studenten ging der Aberglaube um, dass, wer diesen Turm vor einer wichtigen Prüfung bestiege, diese Prüfung nicht bestehen werde. Ich hatte nichts in dieser Art vor mir, nicht einmal eine Klausur, und die Aussichtsplattform war ohnehin geschlossen.

Wir saßen am Fenster; Herbstnebel lag über dem Lahntal, aus dem grau und undeutlich die Türme der Elisabethkirche ragten. Ich rauchte und trank Heidelbeerwein, was ich nur in Marburg und danach nie wieder tat.

„Du siehst unglücklich aus", sagte mein Vater.

„Wie können wir dir helfen?" fragte meine Mutter.

„Ich bin nicht unglücklich", antwortete ich. „Ihr braucht mir nicht zu helfen."

„Aber dein Studium. Wir hören da so wenig von dir."

„Gibt nicht viel zu erzählen."

„Macht es dir denn Spaß? Hast du Freude an deinem Studium?"

„Jaahh – natürlich macht es mir Spaß."

Ich zündete mir die nächste Marlboro an.

„Du rauchst aber wirklich viel."

„Ihr raucht doch selber."

„Jüngsken", sagte mein Vater. „Irgendwas stimmt doch da nicht. Was ist denn nun mit deiner Hausarbeit? Diese Qualifizierungs-Geschichte?"

Ich hatte die Unvorsichtigkeit begangen, meinen Eltern zu erzählen, dass demnächst meine erste Hausarbeit auf mich zukäme: „Der Qualifizierte Sperrvermerk im öffentlichen Haushaltsrecht". Das Thema hatte ich, weil es gleichermaßen skurril wie wichtig klang, ebenfalls hinausposaunt.

„Jaahh – mit der Hausarbeit hab ich schon angefangen – so gut wie."

„Was heißt denn das – so gut wie?"

„Na ja – erstmal Lektüreliste erstellen, Quellenstudium und so."

„Dann halt dich mal ran", sagte mein Vater. „Du weißt, dass du für das Geld, das wir dir monatlich überweisen, etwas zu leisten hast. Das erwarten wir. Das ist dein Gehalt."

„Jaahh, weiß ich, hast du mir alles schon mal erzählt."

„Also richte dich danach!"

„Ich habe keine Lust, mit euch über Geld zu diskutieren."

Meine Eltern fuhren nach Lippstadt zurück.

„Wenn ihr mich derartig unter Druck setzt, entstehen bei mir nur zusätzliche Blockierungen."

Das stand in einem Brief, den ich ihnen einige Tage später schrieb.

Konfliktstraße

Zwischen Weihnachten und Silvester 1976 gelang es mir im zweiten Anlauf, Freiburg zu erreichen. Hubertus Blanke hatte wie ich die Feiertage in Lippstadt verbracht und nahm mich mit. Ein Höllenritt in seinem blauen Käfer, es regnete und stürmte ununterbrochen, durch die beschlagenen Scheiben sahen wir fast nichts, Abgase zogen durch die undichten Heizbirnen im Auspuff ins Wageninnere, aber für Hubertus war es Ehrensache, nie vom Gas zu gehen. Als wir in Freiburg ankamen, war uns speiübel.

Hubertus setzte mich in der Nähe vom Schwabentor an der Konviktstraße ab. Die Konviktstraße war meine Anlaufadresse. Dort hausten in einer Erdgeschosswohnung Lummi, Jens und Ingo. Ingo war ein lässiger, frustrierter Chefarztsohn. Er ähnelte dem Pantomimen Marcel

Marceau, konnte seinem Gesicht von einem Moment auf den anderen einen komplett anderen Ausdruck verleihen.

Alle drei hatten gerade ihre Bundeswehrzeit hinter sich, lebten nun so vor sich hin und gingen sich auf die Nerven, weshalb die Konviktstraße auch „Konfliktstraße" genannt wurde. Aber keiner brachte die Energie auf, auszuziehen.

„Bis später im *Reichsadler*", sagte Hubertus.

Er fuhr weiter nach Fildersheim.

Die Wohnung in der Konfliktstraße bestand nur aus einem großen Zimmer und war ein großes Matratzenlager. An der rückwärtigen Wand befand sich eine improvisierte Küchenzeile. Dort bereitete ich mir ein Iglu-Tiefkühl-Hühnerfrikassee zu, das ich mir beim Edeka um die Ecke gekauft hatte. Moderne Form der Ernährung, wer machte sich noch die Mühe, Mahlzeiten langwierig zuzubereiten.

Ingo betrachtete den im sprudelnden Wasser schwimmenden Frikassee-Kochbeutel.

„Was wird das?"

„Ich muss meinen Magen streicheln", erwiderte ich. Tatsächlich hoffte ich – abgesehen davon, dass ich großen Hunger hatte –, mit diesem sanften Hühnerfrikassee die Abgasvergiftung, die ich mir auf der Fahrt zugezogen hatte, zu kurieren.

„Schwachsinn", sagte Ingo.

Gegen später wechselte die Belegschaft der Konfliktstraße in den *Reichsadler*.

Der *Reichsadler*, kurz „Geier" genannt, hatte gerade neu eröffnet. Die schummerige Traditionsgaststätte in der Belfortstraße gab es zwar schon immer, aber nun war sie das erste Freiburger Kneipenkollektiv geworden und aus dem Stand heraus das Zentrum der linken Szene. Am ursprünglichen Inventar wurde nichts geändert, es blieb holzdominiert-schwarzwälderisch, Unfug wie metropole Neonbeleuchtung, die gerade in Mode kam, lehnte das Kollektiv ab. Es war knallvoll, aus den Lautsprecherboxen dröhnte

Mein Name ist Mensch von *Ton Steine Scherben*. In Dreierreihen standen die Durstigen am Tresen, hinter dem der Zapfer mit müder, unbewegter Miene das Bier aus den Hähnen strömen ließ.

Ein walrossartiger Mann mit Schnauzbart und mächtigen, tätowierten Oberarmen sammelte die leeren Gläser ein. „W-wolle!" schrie Jens mir ins Ohr. „Das ist Wolle. Ex-Knacki. Einmal hat ein schneeweißes Mercedes-Cabrio neben ihm an der Ampel gehalten, frühmorgens, als er von einer Party kam. Wolle macht die Autotür auf, haut dem Fahrer eine rein, so ein gelackter Typ, macht die Tür wieder zu und geht weiter. Einfach nur so."

Hubertus tauchte nicht mehr auf.

Um kurz nach elf begann die rush hour im *Reichsadler*, denn um halb zwölf war schon Zapfenstreich, unbarmherzige baden-württembergische Sperrstunde; wer noch halbwegs betrunken werden wollte, musste sich beeilen. Der Zapfer zapfte stoisch. Ab und zu nippte er an einem Glas, in dem mindestens fünf Teebeutel schwammen.

Spätestens um zwölf mussten alle Gäste den *Reichsadler* verlassen haben, sonst drohte Lizenzentzug. Das Ordnungsamt hatte den „Geier" scharf im Visier. Vor dem Lokal war noch ein bisschen Tumult und Radau, jemand schrie aus dem Fenster: „Isch bald Ruh da unde?!" Eine Polizeistreife lauerte an der Straßenecke, unternahm aber nichts.

Wir taumelten zurück in die Konfliktstraße. Ich packte mich auf eine der Matratzen und schlief sofort ein.

Der nächste Tag kam. Mir war immer noch schlecht.

Wir pulten uns aus unseren Decken, sahen durchs Fenster, dass es weiterhin regnete, und hingen den Vormittag über schweigend auf den Matratzen herum.

„Mach mal Kaffee", sagte Ingo irgendwann.

„M-mach du doch", antwortete Jens nach einer Pause. Er hatte eine ganz leichte Sprachhemmung.

„Keinen Bock", sagte Ingo.

„Ich mach Kaffee", bot ich an.

„Kaffee ist alle", sagte Lummi.

Der Tag ging vorüber; kaum, dass es hell geworden war, wurde es schon wieder dunkel. Ich hatte es nur einmal vor die Tür geschafft, war zum Bäcker gegangen. Jens, Lummi und Ingo vermittelten mir zwar nicht direkt das Gefühl, dass ich störte, es schien ihnen aber egal zu sein, ob ich da war oder nicht.

Es war Silvester.

Riders on the storm

„Kommt, Jungs – auf nach Fildersheim", sagte Ingo.

„Nö!" sagten Jens und Lummi. „Da ist es öde. Wir bleiben hier."

„Ich komme mit", sagte ich.

Ingo fuhr einen Renault 16, auf dessen Motorhaube ein riesiger Atomkraft-nein-danke-Aufkleber prangte, der größte, den ich je gesehen hatte.

Das Haus, in dem Juliane, Hubertus und Lothar wohnten, lag in einer Straßenkehre, es war klein, alt und braun. Ingo und ich traten durch die angelehnte Haustür in die enge Diele.

Juliane kam uns entgegen. Sie trug eine blaue Latzhose.

„Hallo, du!" sagte sie und umarmte mich, viel fester und intensiver, als sie es jemals in der Zeit getan hatte, als wir zusammen waren. Aber sie umarmte Ingo genauso, und kurze Zeit später stand sie minutenlang eng umschlungen mit Hubertus in der Küche.

„Schau mal", sagte Juliane, „das ist doch unglaublich!"

Sie kramte aus der Brusttasche ihrer Latzhose einen Zeitungsartikel hervor.

„Das ist aus der Hochschulzeitung der *Jungen Union*. Manche Frauen sollen sich bitteschön nicht wundern, wenn sie vergewaltigt werden, weil sie durch ihr aufreizendes Äußeres eine Vergewaltigung geradezu provozieren. Sie wollen es sogar genau so, damit sie nachher ihren ganzen Männerhass rauslassen können. Sind die noch ganz dicht, die von der *Jungen Union*? Sie schlagen sogar vor, dass die Frauen vorm Vögeln irgendetwas unterschreiben sollen, dass sie das freiwillig tun. Geht's noch?!"

Spirale und Lisa, die sich für Silvester angesagt hatten, trafen aus Berlin ein. Spirale hatte vor kurzem sein Coming Out gehabt, er war geschminkt, trug Ohrringe, und hatte bunte Haare.

„Ich hab da kein Problem mit", sagte Lisa und kicherte.

Auf dem alten Gasherd in der Küche wurden Koteletts gebraten, dazu gab es Kartoffeln, Salat und badischen Müller-Thurgau aus Literflaschen.

Wir saßen am großen Küchentisch und aßen.

„Wo steckt denn Lothar?" fragte Spirale.

„Weiß nicht", antwortete Juliane.

„Nicht in der Faulerstraße?" fragte Ingo. „Die machen doch heute 'ne große Fete."

„Die Faulerstraße" waren ein paar besetzte Häuser am Ufer der Dreisam.

„Weiß ich nicht!" erwiderte Juliane empfindlich.

Das Telefon klingelte, Hubertus nahm ab.

„Für dich", sagte er zu Juliane. „Lothar."

Juliane verzog sich mit dem Telefon, das eine sehr lange, verwickelte Schnur hatte, ins obere Stockwerk.

„Ich glaube, ich fahre auch in die Faulerstraße", sagte Ingo. „Will wer mit?"

Alle wollten, außer Hubertus und mir. Die Küche leerte sich.

„Ich schau mal, was Juliane macht", sagte Hubertus und ging nach oben.

Ich war allein.

Hubertus kam nicht wieder.

Ich ging ins Wohnzimmer, schaltete die Stereoanlage ein

und legte mich aufs Sofa. Rauchte, trank Müller-Thurgau und hörte *Riders on the Storm* von den *Doors*.
Meine Phantasie ratterte. Was taten Juliane und Hubertus da oben? Wieder und wieder setzte ich den Tonarm des Plattenspielers auf.

There's a killer on the road
His brain is squirmin' like a toad
Take a long holiday
Let your children play

Irgendwann schlief ich ein.

Girl ya gotta love your man
Take him by the hand
Make him understand
The world on you depends
Our life will never end
Gotta love your man, yeah
Riders on the storm
Riders on the storm …

Bajazzo

Am Neujahrsmorgen saß ich allein am Küchentisch, auf dem noch das dreckige Geschirr vom Vorabend stand, und las in einer alten Ausgabe der *Frankfurter Rundschau*. Es war kalt, die Glut in dem gusseisernen Beistellherd war längst erloschen. Ich hatte mir Kaffeepulver, Filter und eine Kanne mit angeschlagener Tülle zusammengesucht, mir auf dem Gasherd Wasser heiß gemacht und Kaffee aufgebrüht.
Hubertus kam die Treppe herunter.
„Na, wie war's?" hätte ich ihn am liebsten gefragt.
„Prost Neujahr!" sagte Hubertus.

167

Er goss sich Kaffee ein, setzte sich und schaute auf die abgefressenen Teller vor ihm.

„Hättest ja auch mal abwaschen können."

„Was ist mit Juliane?" fragte ich.

„Kommt gleich", meinte Hubertus und nahm einen Schluck Kaffee. „Großes Drama", sagte er dann. „Lothar zieht aus. Will frei sein. Wohnt jetzt erstmal in der Faulerstraße."

„Und – wie geht's ihr?"

„Juliane? Wie soll es ihr gehen? Scheiße geht's ihr. Hat die ganze Nacht geheult."

Die Treppe knarrte, kurz darauf stand Juliane in der Küche.

„Ich hab Kopfschmerzen", sagte sie und fuhr sich mit der Hand über die Augen. „Fürchterliche Kopfschmerzen. Ich glaube, ich bin Alkoholikerin. Ich trinke jeden Abend eine Flasche Weißwein. Dann ist man doch Alkoholiker, oder?" Sie setzte sich auf das Sofa, das an der einen Seite des Küchentischs stand, und zog fröstelnd die Knie an. Ihr rotgeringeltes Nachthemd gab den Blick auf ihre Oberschenkel frei. „Ich kann nichts essen", sagte Juliane und schob einen Teller mit abgenagten Kotelettknochen von sich weg. „Ich muss an die Luft. Gehen wir gleich ein bisschen raus?"

Ich fuhr nicht mit Spirale und Lisa nach Berlin, wie ich es eigentlich vorgehabt hatte. Ich blieb noch fast eine Woche in Fildersheim.

Hubertus, Juliane und ich saßen stunden-, tage-, nächtelang in der Küche, redeten, tranken, lachten. In die Stadt, nach Freiburg, zog uns nichts.

Wir unternahmen lange Spaziergänge. Juliane hakte sich mal bei Hubertus, mal bei mir ein. Sie hatte große Angst vor Hunden; immer, wenn wir einem begegneten, schmiegte sie sich eng an uns.

Lothar ließ sich die ganze Zeit über nicht blicken, es wurde auch kein Wort über ihn verloren, jedenfalls nicht, wenn ich dabei war. Juliane war von einer geradezu überirdischen Fröhlichkeit. Hubertus und ich taten alles, um diese Fröhlichkeit ja nicht absacken zu lassen.

Ich erzählte Witze, stundenlang; ich wusste gar nicht, dass ich so viele kannte. Uralte Kalauer wie: „Herr Müller, Herr Müller, Sie trinken zu viel!" – „Kann gar nicht sein, Herr Doktor, das meiste verschütte ich."

Juliane lachte sich scheckig.

Ich stellte mir vor, wie es wäre, in einem großen Saal auf der Bühne zu stehen und dem Publikum einfach nur Witze zu erzählen. Ich war plötzlich überzeugt davon, dass ich das könnte.

Manchmal – nicht jede Nacht – schliefen wir zu dritt in einem Bett, und Juliane kuschelte sich dann auch an mich, was mich halb wahnsinnig machte. In solchen Momenten war ich davon überzeugt, dass Juliane und Hubertus nichts miteinander hatten. Aber dann zogen sie sich wieder stundenlang in das Zimmer von Hubertus zurück. Ich war nur für die Spaß- und Unterhaltungsabteilung zuständig.

Ich hätte Hubertus einfach fragen können: „Läuft etwas mit dir und Juliane?" Aber ich fürchtete mich vor der Antwort, die vielleicht gelautet hätte: „Klar schlafen Juliane und ich miteinander!"

Die „Bettordnung" wurde auf sublime Weise von Juliane bestimmt, und ich spürte, dass es Hubertus überhaupt nicht passte, wenn ich mit im Bett lag.

„Deine Husterei ist wirklich fürchterlich", sagte er zu mir. „Geh mal zum Arzt!"

Tatsächlich hustete ich mir manchmal vom vielen Rauchen die Lunge aus dem Leib. Ich übertrieb allerdings auch ein bisschen, weil ich Juliane demonstrieren wollte, was für eine kaputte Type ich immer noch war.

Und ich hatte ja auch Probleme. Ich erzählte von Marburg, von meinem Studium, das zu scheitern drohte, von meiner Einsamkeit, und dass ich gar nicht mehr wüsste, wohin ich sollte und was ich tun könnte. „Du musst weg aus Marburg, ganz klar", meinte Juliane. „Scheiß auf dein Studium. Jura – so ein Blödsinn."

„Ich höre auch auf zu studieren. Lieber was Praktisches machen", sagte Hubertus.

Juliane lächelte mich an.

„Komm doch nach Freiburg!" Diesmal war ganz offensichtlich nicht nur ein Besuch gemeint. War ihr klar, dass es da einen geheimen Faden gab, an dem sie nur zu ziehen brauchte?

Für ein paar Wochen kehrte ich nach Marburg zurück, erklärte mein Jurastudium für gescheitert, und exmatrikulierte mich. Meine Eltern reagierten erstaunlich milde, holten mich sogar wie ein Kind, das auf der Klassenfahrt erkrankt ist, aus Marburg ab.

Intermezzo in Lippstadt – nochmals Scheinwerfer stanzen auf der *Hella*. Meine Eltern fingen wieder an zu drängeln: „Was soll denn nun werden?!"

Dabei kümmerte ich mich. Für meinen Zivildienst gab es, nachdem ich mein Studium geschmissen hatte, keinen Aufschub mehr. Und es gab eine Art Marschbefehl, ausgestellt von Commandante Juliane. Zusammengenommen hieß das: Zivildienst in Freiburg. Ganz einfach.

Ich schrieb Bewerbungen an Verbände und Institutionen, AWO, Rotes Kreuz und einige andere mehr, erhielt ein paar interessante Angebote, suchte mir das Beste aus und begann im Frühjahr 1977 meinen Zivildienst an den Freiburger Universitätskliniken.

LP-ZR 85

„Hömmah", sagte Grizzly eines Abends in der *Stadtschänke* zu mir. Grizzly war ein in vielen Geschäftsfeldern tätiges Lippstädter Schlitzohr. Er hatte hüftlange, zu einem Pferdeschwanz zusammengebundene blonde Haare und hinkte etwas. Seinem Vater, dem ehemaligen SS-Mann aus der „Leibstandarte Adolf Hitler", gehörte die *Lippequelle*, der Getränkemarkt an der Mühlenstraße, wo ein paar Frührentner und gelegentlich auch Grizzly arbeiteten. Außerdem gab es einen alten Schäferhund namens Zorro, der den Getränkemarkt nachts bewachen sollte, meistens aber in seiner Hütte lag und schlief.

„Hömmah", sagte Grizzly. „Ich hab'n Auto für dich."

Es hatte sich herumgesprochen, dass ich meinen Simca 1000 Rallye eins geschrottet hatte.

„Den LP-ZR 85 von meiner Schwester. Achtundsechziger Käfer. Supergünstig. Top in Schuss. Ich komm morgen vorbei, okay?"

„Okay."

Der achtundsechziger Käfer schimmerte dunkelgrün und sah überhaupt sehr attraktiv aus, als Grizzly ihn am nächsten Tag auf den Vorplatz unserer Garage in der Goethestraße rangierte.

„Neuer Lack, neuer Motorraumdeckel, neue Schlappen hinten", sagte er.

„Wie viel hat er runter?" fragte ich.

„Hundertsechzehntausend."

„Erste Maschine?"

„Erste Maschine."

„Bisschen viel Kilometer für erste Maschine."

„Hömmah", sagte Grizzly. „Hömmah. Das sind überhaupt nicht viel Kilometer. Immer schön Ölwechsel gemacht und Ventile nachgestellt. Hält noch ewig."

„Rost?"

„Fast nix. Nächster TÜV kein Problem."

„Keine Automatik-Gurte", bemängelte ich.

„Sag bloß, du schnallst dich an. Aber pass mal auf."
Grizzly setzte sich hinters Lenkrad, schnallte sich blitz-
schnell an und wieder ab, hängte den Gurt an den dafür
vorgesehenen Haken. „Haste gesehen? Genauso easy wie mit 'nem Automatik-
Gurt. Nochmal?"

Er schnallte sich nochmal an und ab.

„Was soll er kosten?" fragte ich.

„Sechzehnhundert."

„Sechzehnhundert? Stolzer Preis."

„Du musst die Karre ja nicht kaufen. Wollte sie dir nur
mal zeigen. Na gut – unter Freunden – fünfzehnhundert."
Ich kaufte den dunkelgrünen Käfer LP-ZR 85. Ich wollte
genau dieses Auto haben.

Die neue Lackierung warf schnell Blasen, unten an den
Türen kamen alte Roststellen wieder zum Vorschein. Der
Motor schaffte keine zehntausend Kilometer mehr und
verreckte mit einem unangenehmen Klack-Klack-Klack-
Geräusch auf der A 5 bei Bad Homburg vor der Höhe.

„Reinkucken in so'n Motor kannste natürlich nicht", hatte Grizzly noch gesagt.

Der ADAC-Abschleppwagen brachte mich zu einer kleinen Dorftankstelle. Dort kriegte ich einen neuen bzw. einen
„anderen" Motor unbekannter Herkunft für zweihundertfünfzig Mark, inklusive Einbau. Gebrauchte VW-Motoren
gab es praktisch an jeder Ecke.

Freiburg-Lippstadt, etwas über fünfhundert Kilometer,
schaffte ich, wenn es gut lief, in weniger als fünf Stunden.
Es gab so etwas wie einen Wettbewerb um die schnellste
Zeit, den ich mit Hubertus Blanke ausfuhr, solange er den
blauen Käfer hatte. Mit dem BMW 2000, den er sich danach zulegte, konnte ich nicht mehr mithalten.

Wartung und Pflege des LP-ZR 85 nahm ich anfangs
ernst. Ich brachte meinen Käfer regelmäßig zur Aral-
Tankstelle in Freiburg-Günterstal. Mit der Zeit ließ mein

Eifer nach. Die Batterie wurde schlapp, zu schlapp, um den Anlasser durchzudrehen. Ich parkte mein Auto möglichst an einer abschüssigen Stelle und schob mich, wenn ich losfahren wollte, selber an.

Beim Bremsen geriet ich nicht gleich in Panik, wenn sich beim ersten Tritt aufs Pedal nicht allzu viel tat. Ich wusste, dass ich „pumpen", den Bremsvorgang mehrere Male wiederholen musste, und außerdem gab es ja noch die Handbremse.

Insgesamt lief LP-ZR 85 vier Jahre und achtzigtausend Kilometer unter meiner Regie. Es entstand ein Gefühl großer Verbundenheit.

Die letzte Fahrt von LP-ZR 85 führte zu einem Schrottplatz in Lippstadt. Gesa, meine neue Freundin, fuhr, ich folgte im weißen VW 1600 meines Vaters.

Gesa überfuhr ein Stoppschild, kam auf der anderen Seite der Kreuzung zum Stehen und stieg kreideweiß aus.

„Der bremst ja überhaupt nicht!"

Ich hatte vergessen, ihr die Sache mit dem Pumpen zu erklären.

„So eine Scheiß-Karre! Willst du mich umbringen?! Fahr d u gefälligst!" schrie Gesa.

LP-ZR 85 brachte auf dem Schrott immerhin noch hundert Mark.

Der Freund

Shutdown

Meine Arme und mein Oberkörper bedeckten sich mit roten und weißen Pusteln, mein Gesicht schwoll unförmig an, man nahm mir den Spiegel weg. Mein Puls raste, fürchterlicher Druck auf der Lunge. Ich versuchte, den Zustand manischer Überreiztheit beizubehalten, in dem ich mich gerade befand, the show must go on, das bewahrte mich möglicherweise vorm völligen Kollabieren. Dann jedoch zog ich mich, um zur Ruhe zu kommen, in Julianes Zimmer zurück. Ein Typ kam rein, wollte Musik hören, ihm ging jedes Verständnis für meine Lage ab. Der Punkt war erreicht, an dem meine Nerven endgültig nicht mehr mitmachten, ich brüllte fürchterlich, warf den Typen raus – er begriff nicht, was vor sich ging – und war am Ende.

Nach etwa einer Stunde bildeten sich die Entstellungen zurück. Als ich ganz klein war und mit einer Kinderkrankheit im Bett lag, hatte ich schon einmal einen solchen Anfall, die Erinnerung daran kam jetzt zurück, war aber nur schwach. Dann jahrzehntelang nichts, aber in Freiburg in kurzem Abstand drei Anfälle. Dieser letzte, in Julianes neuer WG, war der schlimmste, ich konnte nicht mehr darüber hinweggehen.

Wonnhaldi Wonnhalda

Zivildienstunterkunft Wonnhalde. Aus der Stadt raus, an der gleichnamigen Straßenbahnhaltestelle rechts rein, an Kleingärten vorbei, dann, nach einer Linkskurve: ein großes, repräsentatives Haus im altdeutschen Stil der Vorjahrhundertwende, mit Giebeln, Erkern und Fachwerk-Zitaten, ehemalige Dienstvilla des Direktors der Klinik nebenan.

In der Eingangshalle ein Bierautomat, der niemals leer wurde, dafür sorgte Sigurd Homm, der Hausmeister. „Ganter – ein Bier wie unser Land" stand auf dem Automaten.

Im untersten Schacht war Pepsi-Cola. Siggi kam aus Wuppertal. Der Hausmeister-Job in der Wonnhalde war sein Zivildienst. Außer den Bierautomaten zu befüllen, ab und zu eine Wäschelieferung entgegenzunehmen und mit den Leuten zu plaudern, die gerade da waren, hatte er nichts zu tun.

Als ich das erste Mal in die Wonnhalde kam, um mich über mein künftiges Leben zu orientieren, begrüßte er mich überaus herzlich und führte mich in die lichtdurchflutete Apsis des Aufenthaltsraums, früher das großbürgerliche Wohnzimmer, jetzt ausgestattet mit alten, durchgesessenen Sofas, Matratzen-Arrangements und einer Klavier-Ruine. Durch eine Glastür ging es zur weitläufigen Terrasse, dahinter der große Garten. Ein Traum. Wir rauchten, und Siggi erklärte mir, dass hier alles „ganz easy" sei.

Sein spezieller Traum, den er mir gleich bei unserer ersten Begegnung mitteilte, war, dass seine zahlreichen Wuppertaler Freunde eines Tages einen Reisebus chartern, nach Freiburg fahren und in der Wonnhalde eine Riesenfete feiern würden.

„Das wäre sowas von geil."

Ende Mai zog ich in die Wonnhalde ein. Ich hatte ungefähr ein Dutzend Mitbewohner.

Karl-Heinz Jöhnk aus Ochtrup, mit dem ich zunächst das Zimmer teilte, bevor ich ein Zimmer für mich allein bekam, was Standard in der Wonnhalde war. Blond, verschlafen, etwas langsam. Für ihn war der Zivildienst die Chance seines Lebens. Wie viele andere hatte er seinen Dienst an den Uni-Kliniken ziemlich orientierungslos begonnen, entwickelte dann aber im Herz-OP ungeahnte Fähigkeiten und wurde später ein hoch angesehener OP-Pfleger und Medizintechniker.

Rüdiger Immerreich, genannt Rüdiger Immerpleite, der auffallend rote Wangen hatte und ein wenig geleckt aussah. Er arbeitete in der chirurgischen Ambulanz und lieh sich ab und zu meinen grünen Käfer LP-ZR 85 aus, um mit ihm ein wenig durch die Gegend zu fahren. Wenn ich Glück hatte, tankte er danach auch.

Ich lieh mir zum Ende meiner Zivildienstzeit die 650er Benelli von Thomas Schuster, der aus Blaubeuren stammte und ungeheuer sympathisch war, so, wie sich manche Mütter den berühmten idealen Schwiegersohn vorstellen. Wenigstens einmal wollte ich mit dem Motorrad den Schauinsland, den Freiburger Hausberg, rauf- und runtergefahren sein.

Eigentlich hätte mir Thomas seine Benelli nicht überlassen dürfen. Ich besaß zwar den Führerschein Klasse eins, mit dem ich die dicksten Maschinen fahren durfte, hatte aber null Fahrpraxis.

Ich fuhr den Schauinsland hoch, verschaltete mich andauernd und hatte keine Ahnung von der richtigen Gewichtsverlagerung. Die Abfahrt wurde vollends zum Albtraum. Es grenzte an ein Wunder, dass ich heil unten ankam. Von da an wusste ich, dass Motorradfahren nichts für mich war.

Michael Olschewski aus Soest, also aus meiner westfälischen Heimat. Er besaß eine riesige Stereoanlage, mit der er das ganze Haus und auch die Straße vor seinem Fenster im Erdgeschoss beschallte, vorzugsweise mit Jazzrock, *Chicago*, *Weather Report*, *Blood Sweat and Tears*. Aber auch mit Songs von *Supertramp*, die ein strahlendes, optimistisches Lebensgefühl weckten, „Dreamer, far out, what a day, a year, a life it is!" Bob Dylan machte die Seele weit, ein Sturmwind, „how does it feel, to be without a home, like a complete unknown LIKE A ROLLING STONE", am schönsten zu hören bei Ausfahrten im LP-ZR 85, bei strahlendem Sommerwetter auf Schwarzwald-Höhenzügen.

Eugen Ruf, der zarte Instrumentenbauer aus Furtwangen; Fitze, ebenfalls aus dem Schwarzwald, ein sanfter Hippie, der vergeblich versuchte, mich für *Der Herr der Ringe* zu begeistern. Er hatte was mit Juliane, natürlich in der Wonnhalde, und natürlich war ich wieder hautnah dabei.

Johannes Herder, der klassische, sich aufopfernde Über-Empathiker. Er arbeitete auf der Intensivstation, kam immer sehr müde und sehr ernst zurück in die Wonnhalde. Siggis Freundin, Conny Abendschön. Sie hieß wirklich so. Conny war irgendwann aus Wuppertal zu Besuch gekommen und einfach in der Wonnhalde geblieben. Die Zivildienstverwaltung, die unten im Haus ihr Büro hatte, meinte nach einiger Zeit, es reiche, sie solle langsam wieder gehen.

„Ich bin nur zu Besuch", sagte Conny und blieb.

Zwischen Conny und mir knisterte es; mit einem Mal knutschten wir sehr heftig in Siggis Zimmer und waren schon dabei, uns gegenseitig auszuziehen. Dann sagte Conny, sie würde wirklich sehr gern, aber sie wolle Siggi nicht verletzen.

Siggi war furchtbar sentimental und wusste von Connys Affinität für mich. Eines Abends flehte er mich unter Tränen an, es mit Conny zu tun, eine größere Freude könne ich ihm nicht bereiten. Aber da war der elektrische Moment schon verpasst, verpufft, vorbei.

Günther, ein misanthropischer, griesgrämiger Pessimist mit breitem schwäbischem Dialekt. Sehr schlau.

Und noch ein paar andere.

Und ich.

Post für die Wonnhalde-Bewohner kam selbst dann an, wenn in der Adresse „Müllhalde" statt Wonnhalde stand.

Jahre später sagte mein Vetter Rolf, der ebenfalls Zivildienst in Freiburg gemacht hatte: „Ich hab hier was für dich."

Es war mein alter Zivildienstausweis, den er irgendwo in der Wonnhalde gefunden hatte.

179

Zahnklinik

Uni-Hautklinik, OP, erste Station meines Zivildienstes, eine dumpfe fensterlose Bude. Die Arbeit war öde, es herrschte eine seltsam tote Atmosphäre. Nach wenigen Wochen flog ich raus. Ich sei zu ungeschickt.

Ich wurde in die Kieferchirurgie versetzt. Zahnklinik, sechster Stock, grandiose Aussicht über die Stadt, drei Operationssäle, in denen krebszerfressene Kiefer mit Spänen aus dem Beckenknochen wiederhergestellt und natürlich auch gewöhnliche Brüche repariert wurden. Im Erdgeschoss die Ambulanz für minder schwere Fälle, Extraktionen von Weisheitszähnen, Wurzelspitzenbehandlungen.

Ich fühlte mich großartig, besonders wenn ich in der Mittagspause den blütenweißen, wadenlangen Ausgehkittel über meinen grünen OP-Dress zog, und, vom Oberarzt kaum zu unterscheiden, ins Personalkasino schlenderte, um Spargel und andere Köstlichkeiten schlemmen.

In Wirklichkeit war ich nur Pflegehelfer, „unsterile Hilfe"; ich baute für die OP-Schwestern die Operations-Bestecke auf, half den Anästhesisten bei der Narkose-Einleitung, und sorgte während der Operation für alles, was „am Tisch" gebraucht und gewünscht wurde.

Manchmal durfte ich mich auch selbst „steril" machen, Handschuhe und Kittel anziehen und nach ausführlicher chirurgischer Waschung mit am OP-Tisch stehen: „Haken halten", also mit speziellen Instrumenten die Wundränder des OP-Feldes oder auch nur den Mund des Patienten auseinander halten. Eine langweilige, ermüdende Tätigkeit, von der man lahme Arme bekam und die deshalb von den Assistenzärzten gern abgetreten wurde.

„Herr Klockow, stellen Sie bitte SWR 2 ein", sagte, wenn der Patient schlief, Oberarzt Ketterer; er wollte klassische Musik hören, das sonst übliche SWR 3-Gedudel im OP ging ihm auf die Nerven.

„Mal abwischen, Herr Klockow!" war eine weitere Aufforderung an mich; sie kam von Oberarzt Niederfahrenhorst, der kein begnadeter Operateur war und häufig vor Stress stark schwitzte. Ich musste ihm dann die Stirn abtupfen, damit der Schweiß nicht ins Operationsfeld tropfte. Die altgediente OP-Schwester Gisela verdrehte über ihrem Mundschutz die Augen. Sie hielt Dr. Niederfahrenhorst für einen Dilettanten. Dr. Ketterer wurde dagegen von ihr gnädig akzeptiert, was einem Ritterschlag gleichkam.

Dr. Spellenberg, Anästhesist im Kiefer-OP, sah aus wie Donald Sutherland in *M.A.S.H.*, besonders, wenn er nach einem Wochenende im Rettungswagen montagmorgens völlig übermüdet seinen „normalen" Dienst im Zahn-OP antrat. „Herr Klockow, machen Sie mal weiter, ich geh schnell eine rauchen."

Dr. Spellenberg verdrückte sich in den Aufenthaltsraum, und ich übernahm die Beatmung des intubierten Patienten, der auf dem Tisch lag, drückte sensibel auf den schwarzen, mit Sauerstoff gefüllten Gummibeutel, und behielt die verschiedenen Anzeigen im Blick, Blutdruck, Herzfrequenz und so weiter.

Einmal bewies ich Instinkt. Ich merkte, wie Dr. Spellenberg nervös wurde, hörte, wie er „dem Patienten geht es schlecht!" murmelte. Für alle Fälle schob ich den kleinen Wagen mit dem Defibrillator heran. Einen Moment später riss Dr. Spellenberg die OP-Tücher von der Brust des Patienten, setzte die beiden Elektroden auf und schrie: „WEG VOM TISCH!" Der Patient, ein sehr dicker Mann, hopste ein paar Zentimeter in die Höhe. Sein Herz, das aufgehört hatte zu schlagen, war wieder angesprungen.

„Ich bräuchte jetzt dringend eine Zigarette", sagte Dr. Spellenberg. „Aber das geht wohl gerade nicht."

Schwester Inge war ruhig und kompetent. Sie brachte mir, der ohne jegliche Vorkenntnisse angetreten war, bei, was ich für meinen Job wissen musste.

Herr Weber, der ruppige OP-Pfleger, zeigte mir gar nichts. Ihn konnte man sich auch gut in einem blutigen Kriegs-Lazarett vorstellen. Er war ungefähr im Alter von Schwester Gisela. Die beiden arbeiteten schon jahrzehntelang zusammen und mochten sich überhaupt nicht. Schwester Marina war ein Feierbiest und kam manchmal schwer gezeichnet morgens zum Dienst. Einmal legte sie zusammen mit Schwester Inge einer narkotisierten Patientin einen Blasenkatheter, sagte: „Hat die aber eine dicke Klitoris!", und da Schwester Inge diese Bemerkung unpassend fand, erwiderte sie: „Wieso – hast du sowas nicht?"

Über allem schwebte Professor Marx, der Chef der Zahnklinik. Gemütlicher, jovialer Typ, nur selten da.

Morgens hatte ich häufig großen Nachdurst vom vorangegangenen Abend im *Reichsadler* und anderen alkoholischen Ereignissen; die Pepsi-Cola, die ich mir aus dem Automaten in der Wonnhalde zog und während der Fahrt zur Uniklinik trank, reichte nicht zum Ablöschen. Aber im OP gab es kistenweise Mineralwasser in niedlichen, grünen Viertelliterflaschen. Wenn ich in der Ambulanz eingeteilt war, nahm ich mir ein paar Fläschchen mit nach unten; was aber dort fehlte, war ein Öffner, und ich war nicht in der Lage, eine Flasche mit einem Feuerzeug aufzumachen. Außer mir konnte das eigentlich jeder.

Stattdessen nahm ich ein Standard-Extraktionsbesteck aus dem Instrumentenschrank, ein kleines, silbernes Kistchen, und hebelte mit der größten Zange, der für die Weisheitszähne, die Mineralwasserflasche auf. Dann legte ich die Zange zurück ins Kästchen, schloss es und stellte es wieder weg. Die Zangen in der Ambulanz mussten ja nicht hundertprozentig steril sein wie die großen Bestecke im OP.

Eines Tages stand Doktor Ketterer vor mir, kalte, weiße Wut stand ihm ins Gesicht geschrieben. Wortlos hielt er mir ein geöffnetes Extraktions-Kästchen entgegen: Sonden, Zangen, Haken – und ein Kronkorken. Ich gab alles zu, stammelte eine Entschuldigung. Ketterer sagte immer noch nichts, drehte sich einfach um, und ließ mich stehen.

Als sich meine Zivildienstzeit dem Ende zuneigte, erbat ich mir von der Zahnklinik ein Zeugnis. Es fiel trotz des Vorfalls mit dem Kronkorken überraschend gut aus:

„Herr Klockow führte alle Arbeiten eines Pflegehelfers zu unserer Zufriedenheit aus. Den Patienten gegenüber verhielt er sich immer korrekt und einfühlend. Bei den Mitarbeitern war er sehr beliebt."

Was für ein schönes Zeugnis! dachte ich.

Ich hatte keine Ahnung, dass dieses Zeugnis voller versteckter Codes war, die signalisieren sollten, dass es sich bei meiner Person nicht gerade um eine Spitzenkraft handelte.

Dr. Steinbach

Mein erster Spaziergang von der Wonnhalde durch die Wiehre stadteinwärts. Was hatte ich es gut getroffen. Milde Maienluft, Alleen, wunderbare alte Häuser, umgeben von hohen Bäumen; so etwas Schönes hatte ich noch nicht gesehen. Sicher wohnte in jeder dieser Villen ein Privatgelehrter, ein berühmter Pianist oder Arzt, Martin Heidegger, Wilhelm Kempff oder Professor Sauerbruch, und tatsächlich hatte in einer von ihnen der uralte Dr. Steinbach seine Praxis.

An ihn wandte ich mich einige Monate später wegen meines Zusammenbruchs auf Julianes Party. „Geh zu dem", hatte mir Johannes Herder geraten, der ernste Intensivpfleger. „Der hat eine ganzheitliche Herangehensweise. Keine Scheiß-Schulmedizin. Ein weiser alter Mann."

Dr. Steinbach war mindestens fünfundsiebzig. Sein Ordinationszimmer war ohne jedes technische Gerät, es gab gerade mal eine Liege. Hinter seinem Schreibtisch ein Bücherschrank mit der ledergebundenen *Encyclopedia Britannica* und anderen Nachschlagewerken.

Ich schilderte ihm meinen Zustand, und weil ich durch den Zivildienst in der Uniklinik neuerdings über einige medizinische Kenntnisse verfügte, stellte ich mir auch gleich die Diagnose: allergischer Schock, und dass es böse hätte für mich ausgehen können, wenn sich die Gefäße derart erweitern, ein Schockzustand eben; ich war ja tatsächlich kollabiert, mein Körper hatte auf Notprogramm geschaltet: doppelte Pulsfrequenz, Pusteln und Quaddeln überall, Tonnen von Gewicht auf meiner Brust.

Was war passiert, was hatte mich so überfordert, dass mein Körper dermaßen energisch auf den Not-Aus-Schalter drosch? Vielleicht hatte es mit dem Alkohol zu tun. Tage, an denen ich nichts trank, kamen so gut wie nie vor, das verhinderte schon der Ganter-Bierautomat in der Wonnhalde, und ich verschwieg Dr. Steinbach meinen Alkoholkonsum und den möglichen Zusammenhang mit dem „allergischen Schock" auch nicht.

Aber ich berichtete auch von dem hohen psychischen Stress, dem ich im OP ausgesetzt sei. Ich hatte gerade *Die hilflosen Helfer* von Wolfgang Schmidbauer gelesen, ein Buch, das sich mit der seelischen Problematik der helfenden Berufe befasste und aufzeigte, wie allein gelassen sich Ärzte, Krankenpfleger, Sanitäter häufig fühlen angesichts des Leids, mit dem sie täglich konfrontiert werden.

„Kennen Sie das Buch?" fragte ich.

Dr. Steinbach sah mich schweigend an. Die ganze Zeit hatte ich überlegt, an wen er mich erinnerte. Jetzt fiel es mir plötzlich ein: an Thomas Mann in seinen späten Jahren.

„Das ist schlimm", sagte er. „Achten Sie mehr auf sich."

Sonst sagte er nichts, und er verschrieb mir auch nichts. Er schickte mich nach Haus. Mit einer Krankschreibung, zunächst für eine Woche.

Warum hatte ich ihm nichts von Juliane erzählt?

Zug nach Nirgendwo

Juliane hatte eine Ausbildung zur Krankengymnastin begonnen, die Uni war ihr zu öde geworden. Nachdem wir uns über Monate kaum gesprochen hatten – ich hatte mir nie eingestanden, dass ich wegen ihr nach Freiburg gekommen war –, begegneten wir uns nun häufiger auf dem Klinikgelände, verabredeten uns zum Mittagessen im Personalkasino und dann auch abends, mieden dabei die Szene rund um den *Reichsadler*, hingen stattdessen in obskuren Kneipen herum, in denen es versalzene Gulaschsuppe gab und die Musikbox deutsche Schlager wie *Es fährt ein Zug nach nirgendwo* spielte.

Ich war glücklich, Juliane nahe zu sein und spürte, dass ich sie unbedingt von einer wie auch immer gearteten Verantwortung für mich entlasten musste, wenn diese Nähe Bestand haben sollte. Für mein Liebesleben war sie nicht zuständig.

Ich hatte Affären, von denen ich Juliane stolz berichtete, um ihr zu beweisen, dass ich „das auch kann". Und dass sie kein schlechtes Gewissen zu haben brauchte, weil sie mir „das Eine" nicht geben konnte.

Im Gegenzug erzählte Juliane mir ausführlich von ihren Männergeschichten, die größtenteils Katastrophen waren. Ich wurde ihr Vertrauter, jemand, dem man alles erzählen, an den man sich sogar anschmiegen konnte, ohne dass gleich mehr daraus werden musste.

Eine ganze Reihe von Nächten lag ich neben ihr im Bett, wenn sie nicht allein bleiben wollte. Besser als nichts, dachte ich mir. Einerseits interessierte mich Julianes chaotisches Liebesleben, andererseits bekam mein Schmerz immer neue Nahrung.

Manchmal, wenn dieser Schmerz zu übermächtig wurde, fuhr ich mit meinem grünen Käfer den Schauinsland hoch, wendete an der Bergstation und bretterte in Todesverachtung die Serpentinen wieder runter, bis ich das Gefühl hatte, dass sich die Reifen von den Felgen drehten.

Besser ging es mir danach nicht.

Schwankende Gestalten – die Reichsadler-Insassen

Lutz Vasel, auch genannt Latz Vusel, war Ende dreißig. Uns knapp-über-zwanzig-Jährigen erschien es unfassbar, dass jemand in diesem geradezu biblischen Alter noch so frisch und wild sein konnte. Lutz stand auf Jerry Lee Lewis, Little Richard und Fats Domino, er war der letzte Rock 'n' Roller in einer Zeit, als pompöse Bands wie *Yes, Supertramp* oder *Genesis* die Popmusik dominierten. Sein Markenzeichen war eine alte Lederjacke mit einem leicht abgeblätterten Elvis-Porträt auf dem Rücken. Irgendetwas hatte Lutz studiert, hatte sogar eine Arbeit über Goethes *Faust* geschrieben, was ebenfalls anachronistisch war; wir lasen, wenn überhaupt, *Wie alles anfing* von Bommi Baumann, *Schweine mit Flügeln – Sex und Politik* von Rocco und Antonia oder Klaus Theweleits *Männerphantasien*. Lutz konnte sogar Teile aus dem *Faust* auswendig und sagte sie manchmal mit rollenden Augen auf.

Rainer Beier, Ex-Junkie, clean geworden durch exzessive Sportausübung, nunmehr Koch im *Reichsadler*, Spezialist für sehr derbe Gerichte mit Unmengen von Knoblauch. Graziella, seine italienische Freundin, war zunächst Anarchistin. Später leitete sie die Freiburger Benetton-Filiale.

Markus Schöneich, der in Julianes WG wohnte, wirkte seriös, beinahe altväterlich, hatte es aber faustdick hinter den Ohren. Er war an die zwei Meter groß. Eine Zeitlang fuhr er einen winzigen Fiat 500, und bei schönem Wetter steckte er der Bequemlichkeit halber den Kopf durchs Schiebdach.

Leonie Jäckle, blond, deutsche Ausgabe von Liv Ulmann, von allen Männern verehrt und begehrt. Das ging ihr auf die Nerven. Sie prägte den Satz: „Männer und Ratten – ein Pack."

Bert Mönch, ständig betrunkener Bildhauer, der eine Zeitlang in der Marmorstadt Carrara lebte, wo wir ihn besuchten, eine Clique auf Motorrädern, Lothar auf seiner weißen 850er California, der ich mit einem kleinen Moto-Guzzi-Aufkleber auf dem Heck meines grünen Käfers huldigte, Markus Schöneich auf einer gediegenen 750er BMW, und noch ein paar andere; ich mit meinem Käfer hinter den Motorrädern her, über die Alpen, mit sehr mäßigen Bremsen.

Der Trip endete in Triscina auf Sizilien, in einer mehr oder weniger schwarz gebauten Feriensiedlung nahe der antiken Tempelanlage von Selinunte. Berge von Müll auf den Brachen zwischen den Häusern, ein toter Hund, der in der Sonne lag, blähte sich von Tag zu Tag mehr.

Das Haus, das wir bewohnten, war zur Hälfte noch ein Betonskelett. Leonie Jäckle hatte den Luxus eines der beiden separaten Zimmer, die schon fertig waren, während die Jungens in der Halle auf dem Fußboden schlafen mussten. Das andere Zimmer belegten Rainer Beier und Graziella, das war ihr gutes Recht, Graziellas Eltern gehörte schließlich das Haus.

Eines Nachts verschwand Leonie mit Markus Schöneich in ihrem Zimmer, wahrscheinlich, weil er sich gentlemanlike und taktisch klug am meisten zurückgehalten hatte. Die leer Ausgegangenen hockten in der Halle und betranken sich. Manchmal lauschten wir an der Tür, und Bert Mönch, der sich am meisten um Leonie Jäckle bemüht hatte, fragte: „Was ist? Quiekt sie schon?"

Moto Guzzi

Juliane und ich wankten schwer betrunken über die nächtliche Kaiser-Joseph-Straße. Am Martinstor flackerte die

Leuchtreklame von McDonald's. Auf dem Holzmarkt parkten ein paar Motorräder.

„Sieh mal an", sagte ich, „Lothars Guzzi."

Lothar fuhr die einzige 850er California mit weißen Schutzblechen in Freiburg.

„Lothars Guzzi!" Juliane riss Mund und Augen auf, ballte ihre Hände zu Fäusten. „Der ist bei seiner Scheiß-Schnalle. Hanna! Pissnelke!"

Sie packte den Lenker der Guzzi und rüttelte an ihm. „Vögelt mit Hanna rum. Pissnelke. Ich piss ihm jetzt in den Tank. Los, mach du, piss ihm in den Tank."

„Nein, mach ich nicht."

„Wieso nicht? Kannst du ruhig mal für mich machen. Ich kann das ja leider nicht."

„Ist nicht mein Stil."

„Was ist denn dein Stil?"

„Was weiß ich – also, wenn du unbedingt was machen willst, schieb ihm doch ein Feuerzeug in den Auspuff. Das gibt'n schönen Knall."

„Woher weißt du denn sowas?"

„Keine Ahnung – hat Lothar mir mal erzählt, glaub ich."

„Wie – du REDEST mit Lothar?!"

„Ja, ab und zu, im *Reichsadler* oder so – meine Güte!"

„Du REDEST echt mit dem?"

„Wieso denn nicht – i c h hatte ja nichts mit ihm, oder?"

„Du Arsch!"

„Ach komm, Juliane, was soll das denn?"

Juliane hatte ein Feuerzeug aus ihrer Jeanstasche gepult und hielt es hoch.

„Ich mach das jetzt. Wo muss das rein?"

„Da rein – aber das Endrohr ist viel zu lang. Das fliegt gleich wieder raus. Da passiert überhaupt nichts. Komm, lass das."

„Lass mich! Ich steck das jetzt da rein."

Juliane bückte sich, versuchte, das Feuerzeug in den Auspuff von Lothars Guzzi zu nesteln, verlor dabei das Gleichgewicht und stürzte gegen die Sitzbank. Die Guzzi kippte um, Juliane fiel auf die Guzzi. Sie rappelte sich hoch, nahm Anlauf und trat mit voller Wucht gegen den Scheinwerfer.

„Ah, tut das gut!"

Sie nahm erneut Anlauf.

„Ey, Juliane, hör auf, was soll der Scheiß!"

„Au!"

Julianes Fuß war beim zweiten Tritt in die Speichen geraten.

„Junge Frau, das ist aber nicht die feine Art", sagte ein nächtlicher Flaneur, der vorüberging.

„VERPISS DICH!" brüllte Juliane.

„Contenance, meine Liebe", sagte der Flaneur.

„Komm, Juliane, es reicht!" sagte ich und zog sie von der Guzzi weg.

„ES REICHT ÜBERHAUPT NICHT!!!"

„Lass uns pennen."

„Das Motorrad tut dir wohl leid?! Das Motorrad von deinem guten Freund Lothar?!"

„Nein – wie soll mir denn ein Motorrad leid tun? Außerdem ist Lothar nicht mein guter Freund."

Juliane trat erneut zu.

„Arschwichser!"

Ein Blinker flog in hohem Bogen ab.

Ein bisschen tat mir die Guzzi doch leid, ich war froh, als Juliane von ihr abließ.

„Bring mich nach Hause!"

Juliane fiel aufs Bett und schlief sofort ein. Ich lag neben ihr und begriff: Lothar, mit dem sie eigentlich nie mehr etwas zu tun haben wollte, war immer noch da. Er würde nie aus Julianes Körper verschwinden. Mein Schicksal war es, Juliane entsagungsvoll zu lieben. Auch das war eine Art von tiefem Erleben.

Streng konspi

Lothar hatte sein Studium ebenfalls geschmissen und machte nun wie ich seinen Zivildienst an den Freiburger Uni-Kliniken. Materialverwaltung, langweiliger Job. Mit der Wonnhalde hatte Lothar nichts zu tun, er war ein so genannter „Heimschläfer", wohnte bei seiner neuen Freundin Johanna. Unser Verhältnis war wieder aufgepoppt. Im Grunde mochten wir uns ja. Mit Juliane war er nicht mehr zusammen, was also sollte einem freundschaftlichen oder zumindest sympathisierenden Verhältnis im Wege stehen?

Eine Schweizer Versicherungsgesellschaft hatte sich das Freiburger Dreisameck unter den Nagel gerissen, ein riesiges Gebäude aus grauem Granit, ehemals Sitz der Dresdner Bank. Der Abriss drohte, auch die angrenzenden Häuser an der Kaiser-Joseph-Straße – in einem von ihnen wohnte Juliane – sollten fallen, um renditeträchtigen Neubauten Platz zu machen. Daraus wurde erst einmal nichts, denn Freiburg wurde zu einem Zentrum der deutschen Hausbesetzerszene.

In den ehemaligen Tresorräumen der alten Protzbank fanden laute, verschwitzte Parties statt. Patti Smith sang: „Because the night belongs to love." Ich bewunderte die verwegenen jungen Männer mit ihren Halstüchern und alten Lederjacken – ich wusste noch nicht einmal, wo ich mir so etwas hätte kaufen können – und die unglaublich gut aussehenden, ungeheuer stolzen Hausbesetzerinnen, gehörte aber selbst mal wieder nicht richtig dazu.

Lothar dagegen schon, er gehörte zu vielem dazu. Zwar wohnte er nicht in einem der besetzten Häuser, sondern lebte stockbürgerlich mit Johanna zusammen, aber für die Besetzer war er eine wichtige Kontaktperson nach außen, wusste immer ein paar Dinge, über die er nicht reden durfte. „Streng konspi, du verstehst?" sagte er. „Aber dem-

nächst passiert hier etwas." Eines Abends fragte er mich:
„Hast du Lust, nachher 'n bisschen rumzufahren?"
„Wieso?"
„Paar Sachen checken. Liegt was in der Luft."
„Was ist mit deiner Guzzi?"
„Kaputt. Hat irgend so ein Idiot umgeschmissen und zu-
sammengetreten."
„Das ist ja blöd."
„Arschlöcher gibt's – also, was ist?"
„Ja gut, warum nicht."
Endlich durfte ich – wenigstens ein bisschen – mittun.
Wir kreuzten in meinem grünen Käfer durchs nächtliche
Freiburg, hielten Ausschau nach auffällig-unauffällig in Sei-
tenstraßen geparkten Mannschaftswagen und anderen
Merkwürdigkeiten. Wir würden den Hausbesetzern frühzei-
tig melden, wenn sich die Polizei irgendwo zusammenrotte-
te, um die Erstürmung des Dreisamecks vorzubereiten. Wir
waren Teil der Bewegung, ein versteckt operierender, im
Hintergrund agierender Teil. Lothar war der strategische
Kopf, ich der Fahrer. „Der Einzelne hat zwei Augen, die
Partei hat tausend Augen" – dieser Spruch aus meiner Spar-
takus-Zeit in Marburg kam mir in den Sinn.
Wir fuhren die Wilhelmstraße entlang.
„Übrigens – wie geht's Juliane?" fragte Lothar.
„Woher soll ich das wissen?"
„Na ja – du siehst sie häufiger als ich."
„So häufig nun auch wieder nicht."
„Ist sie noch sauer auf mich?"
„Wieso fragst du?"
„Nur so. Ist auch egal. Hast du mal Tabak?"
„Hier."
Lothar drehte sich eine Zigarette.
„Da ist so ein VW-Variant hinter uns", sagte ich. „Schon
'ne ganze Weile."
Lothar drehte den Rückspiegel so, dass er nach hinten

sehen konnte. „Könnte 'ne Bullenschleuder sein. Grau-anthrazit, das ist typisch. Fahr mal nächste links."

Der VW-Variant blieb hinter uns.

„Der Beifahrer hat, glaub ich, 'n Walkie-Talkie in der Hand", sagte ich. „Sieht aber nicht wie ein Bulle aus. Eher wie Frank Zappa."

„Undercover. Ein V-Mann. Die sehen alle aus wie wir, die sind ja nicht blöd. Kannst du das Nummernschild erkennen?"

„Moment – AK – KA …"

„Karlsruhe! BKA!" schrie Lothar. „Los, gib Gas! Zeig ihnen den Auspuff! Häng sie ab!"

In diesem Moment bog der VW-Variant ab und verschwand.

„Sie sind weg", sagte ich.

„Deine Karre haben sie jetzt auch im Computer", sagte Lothar. „Egal. Komm, lass uns ein Bier trinken."

Wir fuhren zum *Reichsadler.*

Der anthrazit-graue VW-Variant mit Karlsruher Nummer stand direkt vor der Kneipentür. Älteres Baujahr, mit kurzer Schnauze.

„Was ist das jetzt?" fragte ich.

Lothar umrundete den Variant.

„Sag ich doch, 'ne Bullenschleuder. Asbach-alt, weil sie glauben, sie fallen damit nicht auf. Nicht mit uns." Er zeigte auf den vorderen linken Kotflügel. „Kuck, die dicke Antenne. Daran erkennt man sie. Eindeutig 'ne Bullenschleuder."

„Was wollen die hier?"

„Uns zu irgendwas aufstacheln, damit sie uns drankriegen können. Klassisches Muster."

„Agent Provocateur?"

„Genau. Los, rein! Wir hauen denen aufs Maul!"

Im *Reichsadler* war kaum Betrieb. Die linke Szene hatte sich an diesem Abend in den besetzten Häusern versammelt.

Am Tresen stand der Typ, der aussah wie Frank Zappa, und unterhielt sich mit Stefan, dem Zapfer.

„Stopp!" schrie Lothar. „Kein Wort mehr. Der Typ da ist ein Bulle! Los, rück die Funke raus!"

„Spinnst du?!" fragte Stefan. „Das ist Pocke aus Karlsruhe."

„Karlsruhe, sag ich doch! BKA! Ein Bulle!"

„Pocke ein Bulle? Quatsch. Pocke ist einer von uns."

„Sicher?" fragte Lothar.

„Sicher", sagte Stefan. „Kenn ihn seit Ewigkeiten. Hat gerade die Gegend ein bisschen ausgecheckt."

„Hi!" sagte Pocke. „Da war was faul. So ein grüner Käfer. Typisches Bullengrün. Fuhr die ganze Zeit um's Dreisameck rum."

„Das waren wir."

„Echt?"

„Ja, Mann!"

„Ach so. Alles klar."

Stefan servierte drei große Bier.

„Aber deine Karre ist schon ein wenig merkwürdig", sagte Lothar. „Der dicke Antennenfuß."

„Ehemalige Bullenschleuder", erwiderte Pocke. „Hab ich auf 'ner Auktion für ausgemusterte Kommunalfahrzeuge billig geschossen."

Wir stießen an.

„Sieg im Volkstanz!"

„Vorwärts für mehr nieder weg mit!"

„Prost!"

Hubertus Blanke

Juliane und ich fuhren nach Kassel zur *documenta 6*.

Ich hatte bereits die *documenta 5* im Jahr 1972 besucht, mit fünfzehn Jahren; keine Ahnung, wie und mit wem ich dort hingekommen war. „Realität" war ein großes Thema dieser *documenta*: großformatige, fotorealistische Bilder, die seltsam überhöht wirkten, eben weil sie keine Fotos waren. Überall Skulpturen wie aus einem Wachsfigurenkabinett, aber keine Greta Garbos oder Cary Grants, sondern eine kniende, den Boden aufwischende Putzfrau, ein erschöpfter Mann, der auf einem Stuhl saß, oder ein nacktes prä- oder postkoitales Liebespaar. Eine unheimliche, verstörende Installation, die *Five Cars Stud* hieß, ein Wortspiel mit der Pokervariante „Five Cards Stud": auf sandigem Boden unter einer dunklen Tragluftkuppel fünf Autos, amerikanische Straßenkreuzer, Pickups. Die Luft dumpf, nach Plastik riechend, die aufgeblendeten Scheinwerfer der Autos gaben das einzige Licht, das Gebläse, das die Kuppel stabil hielt, arbeitete hörbar. Einige mutmaßlich weiße Männer, die Gesichter hinter Clownsmasken verborgen. In der Mitte ein Schwarzer, Stricke an den Gliedmaßen, offensichtlich hatten ihn die Männer mit ihren Autos geschleift. Jetzt waren sie dabei, dem Schwarzen den Penis abzuschneiden. Hinter dem Seitenfenster eines der Autos ein erschreckt starrendes Kind mit Brille.

Der Metallpenis des Schwarzen wurde etliche Male gestohlen.

Jetzt war ich mit Juliane auf der *documenta 6*. Juliane und ich, nur wir beide, inklusive einer Nacht in Sammy Assmanns Dachgeschosswohnung, Sammy Assmann, ehemaliger Marburger Asta-Vorsitzender, der jetzt sein Referendariat in Kassel machte und den ich angerufen hatte, ob wir bei ihm übernachten könnten.

„Kein Problem", meinte Sammy.

Die *documenta 6* war fröhlicher als ihre Vorgängerin. Es gab ein Bild des DDR-Malers Wolfgang Mattheuer: *Der übermütige Sisyphos*. Eine ausgelassene, allerdings auch leicht fanatisiert wirkende Gruppe von Menschen ließ den Felsbrocken des Sisyphos einfach den Berg hinunterrollen, anstatt ihn wieder und wieder hinaufzuschieben.

Juliane und ich betrachteten Mattheuers Sisyphos-Bild. „Das ist doch großartig", sagte ich. „Aufhören, sich an sinnlosen Dingen abzuarbeiten."

Plötzlich stand, wie aus dem Boden gewachsen, Hubertus Blanke neben uns.

„Tach!"

„Wo kommst du denn her?" fragte Juliane.

„Aus Frankfurt. Mir geht es schlecht. Helft mir."

Diese Tage in Fildersheim, höchst folgenreiche Tage, Silvester 1976, als Lothar Juliane verlassen hatte und wir beide, Hubertus und ich, gemeinsam versuchten, sie zu stabilisieren, aufzurichten, auf andere Gedanken zu bringen. Gleichzeitig waren wir Konkurrenten, beide in Juliane verliebt. Der Gedanke quälte mich, dass ausgerechnet Hubertus, dieser absolute Dilettant, was Frauen anging, etwas mit Juliane anfangen könnte. Aber Juliane hatte, glaube ich, nie etwas mit ihm. Im Gegenteil – Hubertus wurde ihr lästig, weil ihn dieses Silvester-Erlebnis völlig aus der Bahn geworfen hatte und sie es ablehnte, dafür die Verantwortung zu übernehmen.

Die Wohngemeinschaft in Fildersheim hatte sich aufgelöst. Juliane zog in die Kaiser-Joseph-Straße. Hubertus hauste in einem Zimmer in der Hildastraße, verfiel in eine tiefe Krise, fuhr Taxi, verschlief die Tage, verlor den Faden und wurde auch mir lästig, weil er mein neues Glück mit Juliane störte, bei der nun ich und nicht mehr er Oberwasser hatte. Ich brauchte ihn auch nicht mehr als Freund oder Kumpel, von denen hatte ich in der Wonnhalde genug. Dieses Hubertus-Wrack führte mir nur meine eigene Zerbrechlichkeit vor Augen, von der ich nichts wissen wollte. Es erschreckte mich zu sehen, wie ausgerechnet dieser robuste, von keinen Selbstzweifeln angenagte Hubertus derart zerbröselte. Und ich hatte die Verletzungen nicht vergessen, die er mir zugefügt hatte.

Warum sollte ich mich plötzlich um ihn kümmern? Diese ständigen Mäkeleien über mein Autofahren. „Wieso hast du gerade die Spur gewechselt?" „Wieso schaltest du nicht? Wieso hast du gerade geschaltet?" Einmal waren wir nachts irgendwo in Frankreich unterwegs, in seinem weinroten BMW 2000. Heftiger Schneefall setzte ein, dicke, schwere Flocken, man konnte kaum noch etwas sehen. Ich fuhr, höchstens fünfzig, um nicht ins Rutschen zu kommen. Hubertus saß neben mir und nickerte langsam weg. Eine Stunde später wachte er auf. Es schneite immer noch. Hubertus sagte: „Das sieht ja echt scheiße aus da draußen. Aber ich hab gar nichts gemerkt. Für mich hast du deine Fahrprüfung jetzt bestanden." Im Frühsommer 1977 verschwand Hubertus aus Freiburg. Nach Frankfurt, er wurde Lehrling in einem Musikalienhandel, wollte damit zwei seiner Neigungen zusammenführen: die zur Musik – er spielte außer Posaune auch Klavier – und sein kaufmännisches Interesse.

Ich war froh, dass er weg war.

Seine Berichte aus Frankfurt klangen euphorisch, er schien die Kurve gekriegt zu haben, weshalb nichts dagegen sprach, dass Juliane und ich ihn besuchten.

Es ging ihm wirklich gut, er war wieder der alte, robuste Hubertus. Wir gingen in die *Batschkapp*, ins Frankfurter links-alternative Kulturzentrum, unterm Pflaster liegt der Strand, und nachts schliefen Juliane und Hubertus in einem Bett, wie in Fildersheim.

Ich wälzte mich auf einem Sofa in der Küche, wurde ein weiteres Mal halb wahnsinnig, setzte mich mitten in der Nacht in meinen grünen LP-ZR 85, irrte durch Deutschland, fuhr Hunderte von Kilometern und landete-strandete schließlich in Lippstadt.

„Du kannst dich hier nicht einfach hinstellen und sagen: helft mir", sagte ich.

„Doch, kann ich."

„Und wie sollen wir dir helfen – hier auf der *documenta*?" fragte Juliane. „Wie stellst du dir das vor?"

„Weiß ich nicht", sagte Hubertus.

„Weiß ich auch nicht", sagte ich. „Geh zum Psychologen."

„War ich schon. Der hat mir nur Sachen erzählt, die ich schon wusste."

„Was ist mit deiner Lehre in Frankfurt?"

„Hab aufgehört."

„Und deine WG?"

„Bin ausgezogen."

„Und jetzt?"

„Weiß nicht."

Wir stromerten zu dritt über die *documenta*. Großen Spaß machte es nicht mehr.

„Wo pennt ihr denn?" fragte Hubertus.

„Bei 'nem Kumpel aus Marburg."

„Kann ich da auch pennen?"

„Glaub nicht."

„Ich muss aber irgendwo pennen."

Es ging irgendwie. Diesmal schlief ich mit Juliane in einem Bett und Hubertus auf dem Sofa in der Küche.

Einige Zeit später machte Hubertus seinen LKW-Führerschein, arbeitete für eine Spedition in Heidelberg, und zog schließlich auch nach Heidelberg. Er schloss sich einem gemischten Chor an, in dem Heinrich Schütz und andere alte Komponisten gepflegt wurden. Dort lernte er Silvia kennen.

Von Juliane war er kuriert.

In Heidelberg verknüpfte er wiederum zwei Neigungen miteinander: die bereits erwähnte kaufmännische Ader und seine Begeisterung für ausgiebiges Autofahren. Hubertus wurde Weinhändler.

Er fuhr in die Pfalz, kaufte bei den Winzern ein, obwohl er von Wein keine Ahnung hatte, packte den Wein in seinen BMW 2000 und klapperte damit Kneipen ab.

Ich begleitete ihn einige Male bei diesen Touren. Sie liefen ungefähr folgendermaßen ab: Hubertus betrat ein Lokal, knallte einen Sechserkarton Wein auf den Tresen und sagte: „Guten Tag, ich will euch Wein verkaufen!"

Der Wirt, leicht verdutzt: „Ja, schmeckt der denn?"

Hubertus: „Keine Ahnung. Müsst ihr selbst probieren."

Aus Mitleid, und auch weil Hubertus seine Preise viel zu niedrig kalkuliert hatte, kauften einige Kneipiers dann tatsächlich bei ihm. Die Miesen, die er anfangs machte, kompensierte er durch seinen Job bei der Spedition.

Das Geschäft wuchs. Der BMW 2000 bekam einen hoppelnden Anhänger, dann schaffte sich Hubertus einen obskuren, grell orange lackierten Mercedes-Transporter an, der fast mehr Öl als Benzin verbrauchte.

Eines Tages führte mich Hubertus zu dem kleinen Lager, das er angemietet hatte.

„Ich zeig dir was."

An der Rampe stand ein alter, dunkelblauer Siebeneinhalb-Tonner mit Anhänger. Hubertus hatte sich sein erstes eigenes LKW-Gespann gekauft. Es sah aus wie ein eigenartig geschrumpfter, zu heiß gewaschener Vierzig-Tonnen-Lastzug.

Die Abendsonne blitzte auf dem Führerhaus. Hubertus war am Ziel seiner Träume.

Rechts vor links

In der Nähe der Freiburger Unikliniken stieß an einer unübersichtlichen Rechts-vor-Links-Kreuzung ein Fahrradfahrer mit einem grünen VW-Käfer zusammen. Der Fahrradfahrer stürzte, stand wieder auf, sah sich kurz um und trat eine Acht in das Vorderrad seines Klapprads. Dann zog er ein Stück Schleifpapier aus der Hosentasche und fuhr sich damit über die Stirn.

„Aaauuu!" sagte er leise und legte sich neben das Klapprad.

Der Käferfahrer, ein junger Mann mit langen Haaren, stieg aus. „Ach du Scheiße! Das wollte ich nicht! Bist du verletzt?"

„Ich weiß nicht. Bin irgendwie mit dem Kopf aufgeschlagen", murmelte der Fahrradfahrer. Er befühlte seine Stirn, auf der sich eine leicht blutende Schürfwunde zeigte.

„Lass, lass!" wehrte er ab, als der Käferfahrer versuchte, ihm aufzuhelfen. „Au, au!"

„Ist was passiert?"

Eine ältere Frau mit einem Einkaufsnetz in der Hand war hinzugekommen.

„Ja – nein – war meine Schuld. Alles in Ordnung. Au, au!"

„Wirklich? Das Fahrrad sieht aber gar nicht gut aus."

„Wir kommen klar, vielen Dank. Au, au!"

„Na, bis zur Klinik haben Sie es ja nicht weit", meinte die Frau und ging weiter.

Lothar wollte raus aus dem Zivildienst und kam auf die Idee, zu diesem Zweck einen Unfall zu fingieren.

„Das klappt doch nie und nimmer!" sagte ich.

„Ey, warum soll das nicht klappen?"

„Weil wir beide Zivis sind?! Das fällt garantiert auf."

„Ja und? Dann sind wir eben beide Zivis. Von denen laufen ja wohl jede Menge in Freiburg rum. Ich nehme dir an dieser Scheißkreuzung die Vorfahrt, du holst mich vom Rad, ich knalle mit dem Kopf auf den Kantstein, und fertig. Mir ist schlecht, Schwindel, bohrende Kopfschmerzen, du bringst mich in die Ambulanz, unklarer Befund, Krankschreibung forever. Du bist an nichts schuld, ich bin raus, Zivildienst adé. C'est ça."

In der der Chirurgischen Ambulanz war nichts los. Rüdiger Immerreich, genannt Rüdiger Immerpleite, saß hinter dem Empfangstresen und las *Auto Motor und Sport*. „Was willst du hier? Habt ihr bei euch nichts zu tun? Wer ist das?" fragte er, als ich mit Lothar, der sich auf meine Schulter stützte, durch die Tür kam.

„Unfall. Notfall", sagte ich. „Wo ist der Arzt?"

„Wie – Unfall? Arbeitsunfall?"

„Nein, Verkehrsunfall, hier gleich um die Ecke. Das ist Lothar."

„Grüß Gottle, Lothar", sagte Rüdiger. „Gut siehst du aus."

„Halts Maul."

„Ist mir voll ins Auto rein", sagte ich. „War seine Schuld."

„Ist an deinem Auto was dran?" erkundigte sich Rüdiger besorgt.

„Au, au, au!" stöhnte Lothar. „Mir ist schlecht. Ich glaub, ich muss –"

„Nicht hier! Oder warte einen Moment, ich hole was!"

„Geht schon wieder", sagte Lothar. „Ich seh alles nur noch ganz undeutlich. Verdammte Scheiße."

„Voll mit dem Kopf auf den Kantstein geknallt", sagte ich.

„Äußerlich ist ja nicht viel", meinte Rüdiger. „Ich kleb mal'n Pflaster drauf, ja?"

„Finger weg, du Idiot!"

„Wie du meinst", sagte Rüdiger beleidigt. „Ich schau mal nach dem Arzt. Pack dich schon mal auf die Liege da drüben."

„Ach du Scheiße – Doc Hock!" sagte Lothar.

Doc Hock hieß eigentlich Edgar Hock und hing fast jeden Abend im *Reichsadler* herum. Er hatte einen Schnauzer, lange, meist fettige Haare, und war der einzige Arzt, den ich kannte, der Dreck unter den Fingernägeln hatte. Das kam, weil er ständig an seinem Motorrad herumschraubte, die Schmiere ging einfach nicht mehr weg.

„Motoröl wirkt antibakteriell", sagte er.

Ich hatte keine Ahnung, dass Doc Hock in der Chirurgischen Ambulanz arbeitete.

„Tach Lothar. What happend?"

„Gehirnerschütterung. Verdacht auf", sagte Rüdiger. „Unfall."

„Mit der Guzzi? Klappe gemacht?"

„Spinnst du?!" Lothar fuhr von seiner Liege hoch.

„Na, dann schauen wir mal", sagte Doc Hock.

Er zog eine kleine Lampe aus der Kitteltasche und leuchtete Lothar in die Augen.

„Übelkeit? Schwindel? Sehstörungen? Kopfschmerzen? Warst du bewusstlos?"

„War ich bewusstlos?" fragte mich Lothar.

„Weiß nicht. Glaub nicht."

„Also, bewusstlos – nein", sagte Lothar. „Sonst alles."

„Tja", sagte Doc Hock, „äußerlich ist nicht viel. Aber deine Birne hat wohl ordentlich einen mitgekriegt. Leg dich hin, ruh dich aus, streng dich nicht an. Ich geb dir was mit, falls die Kopfschmerzen zu arg werden, und schreib dir 'ne Überweisung für den Hausarzt."

„Kann ich dein Auto heute nachmittag haben?" fragte Rüdiger Immerreich. Seine roten Backen leuchteten.

„Vergiss es", sagte ich. „Tank ist sowieso leer."

Lothars Befund, seine Beschwerden, sein gesamtes Krankheitsbild blieben unklar. Die Schwindelgefühle hielten an, ebenso wie die bohrenden Kopfschmerzen, und über den Hergang des Unfalls wusste er plötzlich gar nichts mehr. Zu den Kopfschmerzen gesellten sich schwere Depressionen. Alles deutete auf ein schweres Trauma, vielleicht sogar auf eine verschüttete Kindheitsgeschichte hin. Irgendetwas war durch diesen Unfall losgetreten worden. Ein Fall für Dr. Steinbach und seine ganzheitliche Herangehensweise.

Wie ich ein paar Monate zuvor, saß nun Lothar im musealen Ordinationszimmer von Dr. Steinbach mit der ledergebundenen *Encyclopedia Britannica*, erzählte und erzählte, wobei er wegen seiner Kopfschmerzen immer wieder Pausen einlegen musste. Dr. Steinbach hörte zu, sagte wenig und schrieb Lothar schließlich für dauernd dienstunfähig.

Lothar verließ Freiburg, zog mit Johanna nach München und ging „zum Film". Zunächst wurde er Kabelschlepper bei einer Porno-Produktion. An einem Wochenende besuchte ich ihn, und er erzählte, dass er jetzt, wie alle beim Film, kokste, was eine unglaubliche Wachheit beschere, außerdem könne man praktisch ohne abzusetzen vögeln. Eine Porno-Darstellerin habe sich eine Klobürste in die Möse geschoben und dafür spontanen Beifall am Set erhalten.

Im Nachhinein ärgerte ich mich ein wenig. Ich hätte mich genau wie Lothar aus dem Zivildienst verabschieden können, wegen meines allergischen Schocks, der ein mindestens so traumatisches Erlebnis war wie Lothars Sturz vom Klapprad.

Warum hatte ich es nicht getan?

Der Grund war Juliane. Das Ende meines Zivildienstes würde das Ende meiner Freiburger Existenz bedeuten und damit auch das Ende meiner Nähe zu Juliane. Eines Tages war es soweit. Aber diesen Moment galt es so lange wie möglich hinauszuzögern. Am liebsten hätte ich es gehabt, wenn mein Zivildienst zehn Jahre gedauert hätte.

The London Rock 'n' Roll Show

Der Bus aus Wuppertal kam tatsächlich, hielt eines Samstagnachmittags vor der Wonnhalde. Ein alter Mercedes 302, dunkelrot lackiert. „Rheingold-Reisen" stand in goldener, geschwungener Schrift auf seinen Flanken. Der Busfahrer hupte, und etwa zwanzig Freunde von Siggi stiegen aus. Aus der Bustür kullerten ein paar Bierdosen. Siggi war glücklich.

Cobra, Siggis allerbester Freund, hatte die Tour organisiert. Cobra war sehr kräftig, hatte mächtige Oberarme, die aus einem schwarzen Unterhemd ragten. Seine Schiebermütze nahm er nie ab. „Selbst beim Vögeln nicht", meinte Cobra.

Dann fand die Riesenfete in der Wonnhalde statt, von der Siggi immer geträumt hatte.

Lutz Vasel hatte einen Film organisiert, *The London Rock 'n' Roll Show*, auf sechzehn Millimeter. „Halbes Kinoformat", sagte Lutz. „Das ist schon was anderes als Super Acht."

Einen grünlichen Projektor mit scheppernder Lautsprecherbox hatte er auch aufgetrieben, so einen, mit dem wir früher in der Schule flackernde Lehrfilme vorgeführt bekamen, krabbelnde Ameisen in ihrem aufgeschnittenen Bau und andere spannende Geschichten. Ins Geäst der beiden großen Buchen im Garten der Wonnhalde spannten wir ein Bettlaken, aus einem Fenster im zweiten Stock wurde projiziert, und fertig war das Freilichtkino.

Die Heroen des Rock 'n' Roll, Bill Haley, Jerry Lee Lewis, Little Richard, Chuck Berry, versammelt zur großen „London Rock 'n' Roll Show" im Wembley-Stadion. Sie hatten ihre wirklich glorreiche Zeit längst hinter sich, kamen mir steinalt vor, dabei hatte noch keiner von ihnen die Fünfzig erreicht.

Jerry Lee Lewis war der Coolste. Er trug einen sehr synthetisch wirkenden Pullover, rot mit rundem Ausschnitt, und drosch mit nahezu unbewegter Miene auf einen alten Grotian-Steinweg-Flügel ein, malträtierte ihn bisweilen sogar mit den Füßen, was sich aber toll anhörte.

Little Richard dagegen, der selbsternannte „King of Rock 'n' Roll", hatte entschieden zu viel Druck drauf, flog andauernd aus der Kurve, seine Band kam kaum noch hinterher. Ich musste an unseren desaströsen Auftritt mit *Aëtra* im Lippstädter Pfarrgarten denken.

Bei Chuck Berry fiel auf dem Höhepunkt seiner elysischen Performance mit Duckwalk und allem Drum und Dran der Strom aus. Er hatte in diesem Moment einen Gesichtsausdruck, als sei er aus dem Himmel unvermittelt auf den Betonboden einer kargen Zelle gestürzt, verdutzt, enttäuscht, völlig verständnislos, wie konnte man ihm das antun.

Wie es sich für eine anständige Gartenparty gehört, kam irgendwann die Polizei. Aber da war der Film schon zweimal durchgelaufen, und es war egal.

Wir zogen nach drinnen um. Im Treppenhaus hatte Michael Olschewski die Boxen seiner mächtigen Anlage platziert. Wir tanzten in der Eingangshalle vor dem Ganter-Bierautomaten. Conny Abendschön hatte mich um die Augen herum etwas geschminkt, von irgendwem hatte ich mir eine Jacke mit weißem Kunstfellbesatz geliehen; in diesem Aufzug irrlichterte ich androgyn über die Tanzfläche.

„Long live Rock 'n' Roll!" schrie Lutz Vasel.

Juliane tanzte nicht. Sie stand neben dem Bierautomaten und beobachtete mich.

Am nächsten Vormittag wachte ich zu meiner Überraschung neben Conny Abendschön auf. Ein paar Stunden später stieg sie in den Rheingold-Bus nach Wuppertal und kehrte nicht mehr in die Wonnhalde zurück.

Abends traf ich Juliane. Wir gingen am Schlossberg spazieren. Ich war noch völlig verkatert und verklebt.

„Übrigens – ich hab's!" sagte sie zu mir.

„Was?"

„Wie es mit dir weitergehen soll. Du musst Schauspieler werden."

„Schauspieler? Wieso das denn?"

„Ich hab gesehen, wie du gestern getanzt hast. In dieser komischen Jacke. Ich hab da was gesehen."

„Was denn?"

„Weiß ich nicht genau. Aber irgendwas war da. Du hast nicht einfach nur getanzt, du hast eine Rolle gespielt."

„Ist mir nicht aufgefallen."

„Aber mir. Du bist so lebendig. Der lebendigste Mensch, den ich kenne."

Juliane hatte einen Plan. Ein Freund des Freundes ihrer besten Freundin besuchte in Hamburg eine private Schauspielschule.

„Schreib Sönke mal und lass dich informieren. Ich glaube, es gefällt ihm da ganz gut."

Auf den Gedanken, Schauspieler zu werden, wäre ich im Leben nicht gekommen. Aber irgendetwas musste ich ja machen. Bis zum Ende des Zivildienstes waren es nur noch ein paar Wochen. Mit meinem Jurastudium war ich gescheitert, und medizinische Berufe, soviel immerhin hatte mich der Zivildienst gelehrt, waren mit sehr viel Arbeit verbunden.

Ich schrieb an Sönke, den Freund des Freundes von Julianes bester Freundin. Er antwortete mir prompt und ausführlich:

„Das *Bühnenstudio Lilly Kupfer* kostet monatlich zweihundertfünfzig Mark. Frau Kupfer war früher Tänzerin. Mein ganz subjektiver Eindruck: Die Schule schafft es tatsächlich, Dir ein anderes Körperfeeling zu vermitteln. Andererseits ist in vielen Fächern eine derartige Stereotypie anzutreffen, dass man nur schreien möchte.

Manchmal habe ich das Gefühl, lediglich einer Rentnerin einen ausgefüllten Lebensabend zu bescheren. Viel Spaß. War für mich auch mal ganz lustig, mir einen Überblick zu verschaffen. Sönke."

Probieren konnte ich es ja mal.

Ich war einundzwanzig.

Nächster Versuch.

Schauspieler.

Warum nicht?

Lippstadt letzter Hafen

Spanish Eyes

Das *Bühnenstudio Lilly Kupfer* war in einer geräumigen Altbauwohnung in Hamburg-Harvestehude untergebracht und kostete nur anfangs zweihundertfünfzig Mark im Monat, das Schulgeld stieg von Semester zu Semester. Lilly Kupfer, die Gründerin und Inhaberin der Schule, war um die siebzig, hatte rot gefärbte Haare und rauchte wie ein Schlot. Früher waren sie und ihre Schwester Ada, die eine Straße weiter ebenfalls eine Schauspielschule betrieb, ein berühmtes Tanzpaar gewesen, vergleichbar mit den Kessler-Zwillingen. Während der Nazizeit hatte Adolf Hitler die Schwestern persönlich protegiert; die Behauptung jedoch, sie hätten sogar auf den Knien des „Führers" gesessen und posiert, war nichts als üble Nachrede.

Um das Schulgeld aufzubringen, arbeitete ich halbtags als Hilfskraft im Pflegeheim Wandsbek-Marienthal. Wenigstens dafür war der Zivildienst in Freiburg gut gewesen: ich hatte, ohne viel dafür tun zu müssen, quasi nebenbei den Pflegehelferschein gemacht.

Meine Wohnungssuche in Hamburg blieb lange erfolglos. Übergangsweise kam ich in einer WG in Eimsbüttel unter. Sie war in so genannte „Funktionsräume" aufgeteilt: in einem Zimmer gab es ein großes, doppelstöckiges Matratzenlager, im anderen standen Schreibtische, das nächste war eine Art großes Wohnzimmer und so weiter. Auf einen Mitbewohner mehr oder weniger kam es nicht an.

Auf der Straße stand monatelang, vollgepackt mit meinen Sachen, mein grüner VW-Käfer. Ich hatte eine kurze Affäre mit Margrit, einer antiimperialistischen Postbotin, die auch vorübergehend in der WG wohnte. Sie überklebte den Moto-Guzzi-Aufkleber auf der Motorhaube meines Käfers mit einer Atomkraft-nein-danke-Plakette. Als ich diese wieder abzog, war unsere Beziehung zu Ende.

Eines Tages traf ich in der Uni-Mensa Hans-Heinrich

Huhn, genannt Hühnchen, einen alten Klassenkameraden aus Lippstadt, mit dem ich nie viel zu tun hatte, außer dass er der vorherige Freund meiner allerersten Freundin Annegret gewesen war. Sie hatte mir ständig in den Ohren gelegen, wie toll Hühnchen gewesen sei. Jetzt studierte Hühnchen Mathematik in Hamburg und wohnte in Wandsbek in einem Haus, das früher einmal ein so genanntes „Ledigenwohnheim" der Hamburger Gaswerke gewesen war. Er vermittelte auch mir ein Apartment mit winziger Küche, einem seltsamen, braun tapezierten Alkoven und einem großen Einbauschrank. Klo und Dusche auf dem Gang, alles für knapp zweihundert Mark. Ich war sehr froh, denn endlich konnte ich mein Auto leer räumen.

Das Haus in der Jüthornstraße, in das ich zog, war ein roter, nicht unsympathischer Backsteinkasten mit lauter Einzimmerwohnungen, ganz in der Nähe des Pflegeheims, wo ich arbeitete, jedoch fernab der angesagten Hamburger Stadtteile westlich der Alster, St. Pauli, dem Schanzenviertel, Ottensen.

Lange würde ich nicht in Wandsbek wohnen, das nahm ich mir schon beim Einzug vor. Ich hielt es deshalb auch nicht für nötig, Behaglichkeit zu schaffen, Regale anzubohren oder ähnliches. Die meisten Kisten blieben die ganze Zeit unausgepackt im Zimmer stehen, ich würde ja doch bald wieder ausziehen. Auf den Fußboden legte ich Reisstrohmatten, durch die der Dreck rieseln konnte, einen Staubsauger besaß ich nicht.

Meine tägliche Rennstrecke zur Schauspielschule war die sechsspurige Wandsbeker Chaussee. Zum Einkaufen hielt ich manchmal an einem Plus-Supermarkt ungefähr auf Höhe der Ritterstraße, der unter chronischem Personalmangel litt. Ich strich durch die menschenleeren Gänge und ließ flache Wurst- und Käsepackungen in das aufgerissene Futter meiner Jacke gleiten, bis sie sich um die Hüftgegend herum zu beulen begann. Wenn ich mit etwas Herzklopfen

an der Kasse stand, wunderte ich mich über die Gleichgül-
tigkeit der Kassiererin, die die seltsame Ausdehnung meiner
Jacke eigentlich hätte sehen müssen.

Ich war ziemlich einsam. Meine Mitschüler im *Bühnenstudio Lilly Kupfer* interessierten mich nicht besonders; einige
trällerten unentwegt *Somewhere over the rainbow* oder ähnlichen
Schwachsinn vor sich hin, andere waren mir zu vergrübelt.
Mein einziger privater Anlaufpunkt blieb die WG in
Eimsbüttel, wo ich aber nicht immer gelitten war. Die WG
war streng linksradikal, autonom und antiimperialistisch
eingestellt, und bei aller persönlichen Sympathie für mich
verstanden die Kommunarden nicht, wie ich eine „bürgerli-
che" Schauspielschule ohne jeden politischen Anspruch
besuchen konnte, in der man noch nicht einmal Feuerspu-
cken oder Jonglieren lernte, ganz zu schweigen von subver-
siven Techniken des Unsichtbaren Theaters. Von derarti-
gem war am *Bühnenstudio Lilly Kupfer* tatsächlich nie die
Rede. Mir war selbst nicht ganz klar, warum ich trotzdem
dorthin ging und mir alberne Musicalchoreographien drauf-
schaffte oder im Phonetikunterricht seltsame Lautfolgen
wie „Schnabalawabala-Wabalaschnabala" formte. Juliane
hatte mich von Freiburg nach Hamburg kommandiert, das
war alles.

Ich fühlte mich in dieser Eimsbütteler WG als fünftes
Rad am Wagen und hatte zudem keine Lust, mich ständig
wegen meiner Schauspielschule rechtfertigen zu müssen.
Aus diesen Gründen verbrachte ich eine ganze Reihe von,
wie ich sie nannte, „kommunikationsfreien Wochenenden"
in Wandsbek, in deren Verlauf ich niemanden sah und
sprach. Nur in Notfällen, wenn das Starren, der Stumpfsinn,
das Mit-niemandem-Reden überhand nahmen, wenn ich in
meiner Einsamkeit nicht mehr aus noch ein wusste, fuhr ich
auf die andere Seite der Alster nach Eimsbüttel und hing im
Funktions-Wohnzimmer der Antimpi-WG herum.
Ich besaß einen kleinen Schwarzweiß-Fernseher, den ich

auf einem etwas erhöhten Klappstuhl positioniert hatte. Manchmal zog ich ihm einen alten Klepper-Gummimantel an, stülpte eine Pudelmütze über den Tragegriff und prostete ihm von meinem Sessel aus mit Aldi-Dosenbier zu.

Im Stockwerk über mir wohnte ein glühender Al-Martino-Fan. Fast jede Nacht ließ er *Spanish Eyes* in voller Lautstärke laufen, auch ein paar andere Lieder, aber hauptsächlich *Spanish Eyes*. Ich mochte Al Martino überhaupt nicht. Natürlich hätte ich einfach nach oben gehen und um Ruhe bitten können. Aber ich scheute die Auseinandersetzung, war spätabends oft selbst in einem desolaten Zustand, und ertrug die Al-Martino-Beschallung, die mir manchmal, wenn in meinem kostümierten Fernseher eine besonders absurde Sendung lief, gar nicht ungelegen kam. Dann drehte ich den Ton weg und hörte *Spanish Eyes* von Al Martino als Untermalung zu *Dalli Dalli* oder *Der große Preis*.

Eines Nachts, nach ungefähr zehn Mal *Spanish Eyes*, wurde es mir zu viel. Ich schlich in der Annahme, dass sich der Sicherungskasten im dritten Stock an der gleichen Stelle befinden würde wie auf meinem Stockwerk, die Treppe hoch und begann, die Sicherungen herauszudrehen. Bei der dritten Sicherung erstarb Al Martino. Ich tastete mich durch das dunkle Treppenhaus zurück in meine Wohnung und riss mir zufrieden ein Bier auf.

Fünf Minuten später lief der Plattenspieler jaulend wieder an. Mein Mitbewohner war schnell dahinter gekommen, was los war, und hatte die Sicherungen wieder reingedreht. Al Martino war auferstanden und sang strahlender und noch etwas lauter als je zuvor.

„Blue Spanish eyes
Teardrops are falling from your Spanish eyes
Please, please don't cry ...“

Ich bekam nie heraus, wer von den Mietern in der Jüthornstraße, die im Treppenhaus an mir vorbeihuschten, der Al-Martino-Fan war.

Der Riss

Eines Morgens, als ich, mehrere Stufen auf einmal nehmend – ich war wie meistens spät dran –, die Treppe zur Frauenstation des Pflegeheims Wandsbek-Marienthal hocheilte, spürte ich, wie in meiner Brust etwas zersprang. Es war nicht mein Herz – nennenswerten Liebeskummer hatte ich zu diesem Zeitpunkt ausnahmsweise nicht –, es war etwas in der Lunge. Im nächsten Moment hatte ich das Gefühl, ein Bagger sei über meine Brust gefahren.

Ich teilte das Frühstück aus, versorgte den schrecklichen Dekubitus von Frau Behrend, plauderte mit Alwine, die seit zwanzig Jahren blind, gelähmt und verwirrt im Bett lag und trotzdem guter Dinge war, fing Frau Tietjen ein, die in ihrem schicken grauen Kostüm auf die Männerstation ausgebüchst war und sich wieder den Schlauch aus ihrem Anus Praeter gezogen hatte. Alle paar Schritte musste ich innehalten und mich ausruhen.

„Was ist los mit dir, Junge?" fragte mütterlich-besorgt Stationsschwester Else.

„Geht schon wieder", erwiderte ich matt.

Ich quälte mich durch den Vormittag. Nachmittags fuhr ich in die Schule zum Rollenunterricht, weil ich meine Szenenpartnerin nicht hängen lassen wollte, versuchte abends sogar noch, am Jazz Dance teilzunehmen, und gab auf. Es war unabweisbar: da war irgendetwas.

Am nächsten Tag ging ich zu Dr. Pflocke, einem Internisten am Pferdemarkt, der in einer ziemlich altertümlichen Praxis hauste; die riesigen, eierschalenfarbenen Apparate, mit denen er hantierte, erinnerten mich an die aus dem Lippstädter Evangelischen Krankenhaus, das 1965 abgerissen worden war.

Dr. Pflocke diagnostizierte einen Lungenriss. „Nichts Dramatisches", meinte er, zu behandeln gebe es da nicht viel. Mein rechter Lungenflügel sei zu einem Teil in sich zusammengefallen und würde sich irgendwann wieder aufrichten.

„Ich sehe hier auf dem Röntgen, dass Sie ganz schön was wegrauchen", sagte Dr. Pflocke. „Wie viel denn so?"

„Ungefähr zwanzig Stück am Tag. Zigaretten."

„Damit ist jetzt natürlich Schluss", meinte Dr. Pflocke. Ich musste an Ingo denken, den lässigen Chefarztsohn, der mit einem Lungenriss im Krankenhaus gelegen hatte. Obwohl ihm aus dem Brustkorb Drainagen hingen, die seine Lunge von überschüssigem Wasser befreien sollten, hatte er seine HBs unbeeindruckt weitergeraucht.

Dr. Pflocke schrieb mir einen „gelben Zettel", eine Krankmeldung. „Erst einmal über vierzehn Tage", meinte er, „insgesamt müssen Sie mit sechs Wochen rechnen, bis Sie wieder richtig auf dem Damm sind. Schonen Sie sich und vermeiden Sie jede Anstrengung!"

Ich fuhr nach Harvestehude ins Bühnenstudio und eröffnete Frau Kupfer, was passiert war. Sie schaute sehr bedenklich. Meine Krankheit, meine Indisposition, mein Unfall – wie man es auch nennen wollte – kam wirklich zu einem ungünstigen Zeitpunkt. Meine Entwicklung auf der Schauspielschule stagnierte seit längerem. Frau Kupfer wartete mit abnehmender Geduld darauf, dass sich meine Blockaden endlich lösten und „der Knopf bei mir aufginge". Sie hatte, um mir zu helfen, schon einiges mit mir versucht, mich zum Beispiel auf einen Stuhl ans offene Fenster gesetzt. Ich sollte in den Garten schauen und an nichts denken. Das war gar nicht so einfach, und es gelang mir auch nicht.

„Melde dich, wenn du meinst, es geht wieder", sagte Frau Kupfer. „Und denk daran, das Schulgeld pünktlich zu überweisen."

Ich war von allem freigesetzt und abgeschnitten, von Schule und Job, und fühlte mich ein wenig wie der ins All purzelnde Astronaut in Stanley Kubricks Film *2001 – Odyssee im Weltraum.*

B 3

Mein Bier kaufte ich beim Aldi an der Hammer Straße. Ich nahm immer gleich eine ganze Palette mit, vierundzwanzig Dosen Karlsquell-Pils, die ich, als ich an meinem Lungenriss laborierte, locker an zwei Tagen wegschluckte. Ich saß in meinem alten Sessel, aus dem unten die Sprungfedern heraushingen, und trank. Die leeren Bierdosen rollten auf den Reisstrohmatten in meinem Zimmer herum.

Immerhin lernte ich für den Taxischein. Mit irgendetwas musste ich mich ja beschäftigen, und Taxifahren erschien mir aussichtsreicher und spannender als der Job im Pflegeheim. Ich lernte endlos lange Routen auswendig; zum Beispiel vom Hotel Atlantic zum Flughafen mit allen Straßennamen. Das war noch einfach, aber vom S-Bahnhof Blankenese zum Schuppen 84 im Hafen war schon ziemlich kniffelig. An die Wand neben meinem Sessel hatte ich mit Stecknadeln einen großen Stadtplan von Hamburg gepickt.

Eines Nachts wurde mir Hamburg zu klein.

B 3, dachte ich.

Eine seltsame, aber höchst verlockende Idee formierte sich in meinem Hirn: die Bundesstraße 3 von Nord nach Süd zu befahren, eine der ältesten Fernstraßen Deutschlands, über siebenhundert Kilometer, und zwar sofort, auf der Stelle. Ich stellte es mir großartig vor, wie früher, als es noch keine Autobahnen gab, durch die Landschaften der Republik zu reisen; ich würde in Dorfgasthäusern oder Monteurspensionen übernachten, vielleicht sogar mal in einem neonbeleuchteten Motel, und irgendwann würde ich in der Tür von Julianes Wohnung in Freiburg stehen und sagen: „Here I am." Und Juliane würde antworten: „I've been waiting for you."

Ich warf ein paar Klamotten in meine Reisetasche, schaltete den ohnehin leeren Kühlschrank aus und dachte sogar daran, den Mülleimer auszuleeren.

Mein grüner VW-Käfer war ebenso wie die *Air Force One* des amerikanischen Präsidenten immer vollgetankt.

Die B 3 begann im Süden Hamburgs. Ganz an ihrem Ursprung erwischte ich sie nicht, ich fuhr ein Stück Autobahn und bog hinter dem Buchholzer Dreieck auf die Bundesstraße ab.

Richtung Süden und dann immer geradeaus. Ich durchquerte die Lüneburger Heide, von der ich in der Dunkelheit nichts sah; ab und zu blendete mich der Gegenverkehr, ansonsten eintöniges Fahren, es ging wirklich immer nur geradeaus. Ich blinzelte, hatte mehr und mehr Mühe, mich wachzuhalten, hielt schließlich auf einem Parkplatz und begann zu zweifeln, ob es wirklich eine so tolle Idee war, Deutschland von Nord nach Süd auf der Landstraße durchqueren zu wollen.

Umdrehen? Ich war kurz vor Celle, noch machte es Sinn. Geschlagen nach Hamburg zurückkehren? Wieder in meinem Zimmer hocken, vor Einsamkeit die Tapete von den Wänden kratzen? Nein, ausgeschlossen. Also weiterfahren. Notfalls noch einmal anhalten und ein Schläfchen halten.

Ab Celle war die B 3 autobahnmäßig ausgebaut, hieß auch anders, und in Hannover fand ich sie endgültig nicht wieder. Arme kleine B 3, wo warst du? Eine Landkarte besaß ich nicht, ich hatte mich darauf verlassen, am Straßenrand ab und zu niedliche gelbe B-3-Schildchen zu sehen und ihnen einfach zu folgen. Anfangs gab es sie auch noch, später dann nicht mehr. Irgendwann hatte eine mysteriöse Rückung stattgefunden: aus den gelben B-3-Schildern waren blaue A-2-Schilder geworden. Ich befand mich auf der Autobahn ins Ruhrgebiet, die ich gut kannte, denn es war die

Strecke von Hamburg nach Lippstadt, die ich oft gefahren war. Jetzt noch zur B 3 zurückfinden zu wollen, war völlig aussichtslos. Mein großer Plan war gescheitert. Halb besinnungslos fuhr ich über die leere A 2. Heftiger Regen hatte eingesetzt; in den kurvigen Abschnitten bei Bad Eilsen schlingerte mein Auto, ich hatte Mühe, es in der Spur zu halten. In meinem Kopf tauchte undeutlich ein Gedanke auf, gegen den ich mich heftig wehrte: in etwas mehr als einer Stunde würde ich mit dem Schlüssel, der immer noch an meinem Schlüsselbund hing, die Tür meines Elternhauses aufschließen, ich würde in der nächtlichen Küche vielleicht noch ein Glas Milch trinken, mich dann in mein Klappbett im Keller legen und meine überraschten Eltern am nächsten Morgen mit den Worten begrüßen: „Here I am. Hab mir überlegt, für ein paar Tage nach Lippstadt zu kommen."

Aber genau so geschah es. Nur dass ich nicht „Here I am!" sagte.

Ilona

Aus ein paar Tagen wurden zwei Wochen. Ich blieb, weil ich nichts Besseres wusste, in Lippstadt, zog nachts wie eh und je durch die Kneipen, verschlief die Vormittage und versuchte, die ständigen Zetereien meiner Eltern zu ignorieren.

„Such dir'n Job! Wird doch eh nichts mit deiner Schauspielerei!" schimpfte mein Vater.

„Hab schon einen Job", erwiderte ich. „Bin nur krankgeschrieben."

„Warum bloß hast du dein Jurastudium an den Nagel gehängt", jammerte meine Mutter und verschwand in der Küche.

Nagel. Ilona. Ilona Nagel.

216

Ilona Nagel wiederzusehen wäre schön.

Ich hatte sie letzten Sommer am Baggersee in Lipperode kennengelernt. Ilona war angehende Gärtnerin und hatte etwas leicht Verwildertes, was hauptsächlich daran lag, dass ihr die langen dunklen Haare ständig ins Gesicht fielen. Sie hatte am Ufer des Baggersees auf dem Bauch gelegen und in einem schmalen Insel-Bändchen gelesen. Ich saß neben ihr im Sand, betrachtete ihren Rücken, ihre Schenkel. In ihrer Kniekehle krabbelte eine Fliege.

„Was liest du denn da?" fragte ich.

Ilona wälzte sich auf den Rücken und räkelte sich. „Was von Thomas Mann", antwortete sie. „*Tonio Kröger.*"

Sie sprach ein gedehntes, nachlässiges Westfälisch; alles an ihr wirkte irgendwie verlangsamt, auch die Zeitlupenhaftigkeit, mit der sie sich jetzt das Oberteil ihres Bikini zurecht zupfte.

„Thomas Mann?" meinte ich. „Bisschen aus der Zeit. Ich lese gerade Charles Bukowski."

„Ich find Thomas Mann gut", erwiderte Ilona. „Ich mag diese langen Sätze."

Sie legte das Insel-Bändchen beiseite und strich sich die Haare aus dem Gesicht.

„Ich geh mal ins Wasser", sagte sie. „Bist du gleich noch da?"

„Glaub schon", erwiderte ich und beobachtete ihren wiegenden, trägen Gang zum Ufer.

Es war das letzte, was ich an diesem Nachmittag von Ilona sah. Irgendwie verpassten wir uns. Vermutlich war der Eismann schuld, der in seinem VW-Bulli angefahren kam und bei dem ich mir zwei Kugeln Vanille im Becher holte. Als ich zu meinem Platz zurückkehrte, war Ilonas Handtuch abgeräumt. Später in Hamburg dachte ich nicht mehr an sie.

Jetzt, havariert in Lippstadt, fiel mir Ilona wieder ein. Aber ich wusste nicht, wo sie wohnte, ob sie überhaupt noch in Lippstadt lebte.

Wir begegneten uns bei Frau Kleineidam in der *Stadt-schänke*. Mein Herz hüpfte.

„Hallo!" sagte Ilona. „Wieso biste in Lippstadt? Du bist doch eigentlich in –"

„Hamburg. In Hamburg."

„Ja genau, Hamburg. Und wieso biste jetzt hier?"

„Bin krank. Lungenriss. Aber nur partiell. Nix Schlimmes."

„Tut sicher weh."

„Nee, tut nicht weh, ich kann nur nicht viel machen."

Ein Taschenbuch, dessen Titel ich nicht erkennen konnte, lag vor Ilona auf dem Tresen.

„Thomas Mann?" fragte ich. Dafür war das Buch eigentlich zu bunt.

„Nee, Jack Kerouac. Beat Generation." Ilona drehte das Buch um, jetzt konnte ich auch den Titel lesen.

„Ah, *On the Road*", sagte ich. „Hab ich neulich auch gelesen. Nie vom Gas gehen. Wer bremst, verliert."

„Ganz schön irre, der Kerouac", meinte Ilona. „Weißt du, worauf der *On the Road* geschrieben hat? Auf was für Papier meine ich. Auf Klopapier."

„Klopapier? Nie im Leben. Geht doch gar nicht."

„Amerikanisches Klopapier. Ist vielleicht anders als unseres."

Ich blätterte ein wenig in dem Buch, auf dessen Einband in Großbuchstaben Worte wie WHY, MOTEL und MORE zu lesen waren.

„Kerouac finde ich im Prinzip gut", sagte ich. „Allerdings zu eskapistisch."

„Eska- was?"

„Eskapistisch. Das heißt, er drückt sich um die gesellschaftlich relevanten Fragen herum."

„Ach so. Ist mir gar nicht aufgefallen."

Ilona klemmte sich eine Haarsträhne hinter das linke Ohr, die ihr aber sofort wieder ins Gesicht fiel.

„In Lippstadt is voll langweilig", sagte sie.

„Warst du schon mal in Hamburg?" fragte ich.

„Nee, noch nie. Wie ist es denn da so?"

„Ganz gut", erwiderte ich. „Sollen wir mal hinfahren?"

„Jetzt?"

„Ja genau – jetzt."

„Okay", antwortete Ilona ohne besondere Begeisterung.
Wir gingen nach draußen. Es war eine ruhige Nacht, kein
Regen, kaum Wind. Mein Auto stand direkt gegenüber der
Stadtschänke auf der Freifläche, wo sich früher das Haus mit
„Utes Salon" befunden hatte; es war im Zuge der Stadtsa-
nierung abgerissen worden.

„Wirklich?" fragte ich.

„Na klar", antwortete Ilona. „Ich hab morgen frei."

Wir fuhren los. Ab und zu legte ich meine Hand auf ihr
Knie, die sie zumindest nicht wegschob.

„Ich muss aufs Klo", sagte Ilona irgendwann.

Wir hielten an der Raststätte Allertal.

„Schon crazy, was wir gerade machen", meinte Ilona.

In Hamburg steuerte ich das *Lallebei* in der Thadenstraße
an. Wir tranken ein paar Bier, bis der Wirt „Letzte Runde!"
verkündete.

Es war vier Uhr morgens.

„Wollen wir noch woanders hin?" fragte ich.

„Ich glaub, ich bin müde", gähnte Ilona. „Wohnst du
weit weg?"

Wir fuhren nach Wandsbek. Ich schloss meine Wohnung
auf und tastete mich zum Lichtschalter vor. Unter meinem
Schuh knackte eine leere Bierdose. Es roch nicht gut.

„Hier wohne ich", sagte ich.

Ilona sah sich um. „Hier wohnst du. Nett. Aber gar keine
Pflanzen. Bis auf die da drinnen."

Ich hatte, nichts Gutes ahnend, meinen Kühlschrank
aufgemacht, den ich vor meiner Abreise ausgeschaltet hatte.
Eigentlich hätte die Tür weit offen stehen müssen, was sie

aber nicht tat. „Ach du Scheiße!" entfuhr es mir. Das Innere des Kühlschranks war über und über mit einem dichten, grünen Schimmelflor überzogen.

„Komm ins Bett", sagte Ilona.

Wir schliefen in meiner Alkoven-Höhle miteinander, an deren kackbrauner Wand alte Spermaspritzer wie Feldspatglimmer schimmerten. Ilona nahm meinen kümmerlichen Orgasmus, der viel zu früh kam, mit einem kleinen Seufzer, ansonsten aber gleichmütig und unbewegt hin.

Als ich aufwachte, glaubte ich, auf dem kleinen wackeligen Tisch am Fenster eine Maus zu sehen, die alte Brotkrümel mümmelte; ich war mir aber nicht sicher.

Ilona schlief noch. Sie lag auf der Seite, ihr auf die rechte Hand gebettetes Gesicht träumte.

Ich schob meine Hand unter das ausgeblichene, ehemals violette T-Shirt, das ich ihr als Nachthemd gegeben hatte, streichelte erst ihren Rücken und arbeitete mich dann zu ihrem Busen vor.

„Nee, lass mal", murmelte Ilona, ohne die Augen zu öffnen.

Wir früh- bzw. spätstückten im der *Bierstube Mader* am Schlump. Später wollte ich Ilona meine bereits erworbenen Taxifahrerkenntnisse vorführen und ihr Hamburg zeigen, die Reeperbahn, die Landungsbrücken, aber ich verfuhr mich andauernd. Ilona war auch nicht sonderlich interessiert.

„Ich glaub, ich will langsam nach Hause. Muss morgen wieder arbeiten", sagte sie.

Als wir über die Elbe fuhren, dachte ich an das große weiße Graffito, das auf den drei Bögen der Autobahnbrücke prangte. Man konnte es gut lesen, wenn man mit dem Zug über die parallel geführte Eisenbahnbrücke nach Hamburg kam:

TRISTESSE – SANS – TENDRESSE

Westfälische Weihnacht

Demolition Man

„Werner, Werner, steh sofort auf!"

„Was – was ist los?"

„Komm auf der Stelle ans Telefon! Da ist jemand für dich am Telefon!" Mein Vater stand in der Tür des Kellerzimmers, in das ich einquartiert wurde, wenn ich in Lippstadt meine Eltern besuchte, und schrie auf mich ein. Ich lag in meinem alten Klappbett und bekam kaum die Augen auf. Ich hatte einen mörderischen Kater.

„Hier stinkt's wie in einer Kneipe! Jetzt steh gefälligst auf!" brüllte mein Vater.

Ich kroch aus dem Bett, schleppte mich die Kellertreppe hoch und griff nach dem Hörer, der neben dem Telefon auf dem kleinen Tisch im Flur lag. Mir war kotzübel.

„Ja?"

„Hau sofort ab!" Am Telefon war Lutz Vasel, der Freiburger Rock 'n' Roller. Er wollte die legendären Lippstädter Weihnachtsfeierlichkeiten, von denen er schon viel gehört hatte, einmal persönlich miterleben und hatte sich zu diesem Zweck im *Hotel garni am Lippeufer* eingemietet.

„Was ist denn los?" Ich begriff überhaupt nichts.

„Hau ab!" wiederholte Lutz. „Die Bullen sind unterwegs zu dir. Sieh zu, dass du Land gewinnst! Wir treffen uns vor dem Hotel."

„Was?"

„Frag jetzt nichts – geh einfach los!"

Ich zog mich irgendwie an und taumelte an meinen zeternden Eltern vorbei auf die Goethestraße.

Es war ungemütliches, nasskaltes Wetter, die vom Wetterbericht in Aussicht gestellte „Weiße Weihnacht" war komplett ausgeblieben. Ich hatte einen üblen Geschmack im Mund, mein Hals war völlig ausgetrocknet, dafür schien mein Gehirn sich verflüssigt zu haben und schmerzhaft gegen die Schädelwände zu schwappen.

Was wollte die Polizei von mir? Ich zermarterte mir mein Suppenhirn, aber ich erinnerte mich an nichts, an gar nichts, außer dass der gestrige Heiligabend, genauer, die auf ihn folgende lange Kneipennacht, über alle Maßen frustrierend für mich gewesen war, trotz der vielen Freunde, die wie ich über Weihnachten nach Lippstadt gekommen waren. Reichlich Alkohol, aber null Kontakt zur oder gar Chancen bei der Weiblichkeit, was den Alkohol-Abusus noch einmal potenziert hatte.

Ich war mit Juliane verabredet gewesen, die mit Lutz aus Freiburg angereist war, hatte mich darauf gefreut, endlich einmal über alles reden zu können, über uns und über meine Krise an der Schauspielschule. Aber statt mit mir hing sie die ganze Zeit mit Lothar zusammen, den sie doch eigentlich hasste, Filmemacher Lothar im schwarzen Nadelstreifenanzug, der jetzt in München Karriere machte und in einer cremefarbenen Citroën DS 19 vorgefahren war.

Ich trank mich durch die *Stadtschänke*, durchs *Olympia*, durchs *Zapata* am Güterbahnhof, und immer wieder begegneten mir Juliane und Lothar, die in Sitzecken zusammenhockten, tuschelten und kicherten, oder sogar direkt neben mir am Tresen standen, als wollten sie speziell mich damit ärgern.

„Kommt, wir fahren noch in die Boxbude!" hatte Lothar irgendwann vorgeschlagen. Boxbude – so wurde das *Golden Gate* in Lipperode genannt, hauptsächlich deshalb, weil es dort häufiger Schlägereien mit den Tommies gab, den englischen Soldaten, die seit dem Kriegsende in Lippstadt stationiert waren.

Ich war nicht mitgefahren, so viel wusste ich noch.

Lutz Vasel stand gegenüber vom *Hotel garni am Lippeufer* unter den Kastanienbäumen und rauchte eine Gauloise. Er trug seine braune, abgewetzte Lederjacke mit dem großen, schon leicht abgeblätterten Elvis-Porträt auf dem Rücken.

„Mann, siehst du verbraucht aus", sagte er.

„Guck dich mal selber an", erwiderte ich.

„Das war richtig Rock ’n’ Roll vorhin im Hotel." Lutz zog an seiner Zigarette. „Die Bullen dachten wohl, ich bin einer von der RAF. Und jetzt schau mal da rüber." Er wies auf den kleinen Parkplatz vor dem Hotel. Ich sah einen grünen VW-Käfer seltsam schief vor dem Eingang stehen.

„Scheiße – mein Auto", sagte ich.

„Ja genau, dein Scheiß-Auto", sagte Lutz.

In meinem Kopf lief immer noch nichts zusammen. Meine letzte Station, nachdem die anderen ins *Golden Gate* gefahren waren, war das *Village* gewesen, eine Nachtbar an der Mühlenstraße. Von dort war ich irgendwann einsam und volltrunken nach Hause aufgebrochen. Und jetzt erinnerte ich mich plötzlich daran, was mir auf dem Rückweg vom *Village* durch den Kopf geschossen war: NICHT OHNE MEIN AUTO! Mein grüner Käfer stand noch vor dem *Hotel garni am Lippeufer*, dort hatte der Abend mit einem Bier aus Lutz Vasels Minibar begonnen – ich musste doch noch mein Auto abholen!

Aber ich war ohne mein Auto zu Haus angekommen.

„Weißt du nicht mehr, was du gestern noch gemacht hast?" fragte Lutz. „Null Checkung? Filmriss? Na prima. Dann pass mal auf."

Und Lutz Vasel erzählte, wie zwei Polizisten sein Zimmer gestürmt hätten, weil sie in ihm den Wahnsinnigen vermuteten, der in der Nacht zwei Autos, einen Audi und einen Mercedes, vor dem Hotel demoliert hatte; offenbar bei dem Versuch, den zwischen Audi und Mercedes eingekeilten VW-Käfer irgendwie auszuparken.

„Das war vielleicht ’ne Nummer", sagte Lutz. „Fehlte nur, dass die Bullen noch ihre Knarren gezogen hätten."

Er zündete sich eine neue Gauloise an und gab mir auch eine. Ich begann auf der Stelle zu husten. Meine Lungen fühlten sich an wie ein eingestürztes, altes Kohlebergwerk.

„Und dann, was war dann?" fragte ich.

„Ich hab den Bullen natürlich erklärt, dass das nicht mein Auto ist", sagte Lutz. „Die haben dann ganz schnell dein e n Namen rausgekriegt, Halterabfrage und so, und der eine Bulle hat gesagt: ‚Da fahren wir gleich mal hin, zu diesem Herrn Werner Klockow. Der muss ja stockbesoffen gewesen sein.' Und weißt du, was ich denen dann erzählt habe?"

„Was?"

Lutz setzte ein triumphierendes Lächeln auf.

„Dass du auf keinen Fall betrunken warst, weil du nämlich gar nichts trinken darfst. Dass du unter Depressionen leidest und deshalb Medikamente nehmen musst, Psychopharmaka, Antidepressiva, was weiß ich. Und dass du sofort umfällst, wenn du Alkohol trinkst. Total kontraindiziert. Jetzt sag mal: ‚Danke, lieber Lutz!'"

„Und das haben die geglaubt?"

„Weiß ich nicht. Aber die Idee war doch gut, oder? Und dann hab ich dich sofort angerufen."

„Was soll ich denn jetzt bloß machen?" jammerte ich.

„Auf die Wache gehen, klarer Fall, sonst wird es richtig schlimm. Sag, dass du heute nacht etwas von der Rolle warst und ein bisschen Scheiß gemacht hast, und dass du das jetzt anzeigen willst. – Mann, hast du 'ne Fahne. Kauf dir als erstes Pfefferminz oder so etwas."

„Aber die Bullen merken doch trotzdem, dass ich völlig im Eimer bin!"

„Ja – aber wegen deinen Depressionen, nicht wegen Alkohol. Wir gehen jetzt auf die Wache. Oder fällt dir was Besseres ein?"

Am Büdchen gegenüber meiner alten Schule hing ein mit Karamell und Pfefferminz bestückter Automat, dort zog ich mir eine Packung *Dr. Hillers extra stark*, und dann taperten wir in den Lippstädter Süden: zur Polizeistation an der Erwitter Straße.

Ein älterer, dicklicher Polizeibeamter saß hinter dem Empfangstresen an seiner Schreibmaschine. Aus einem Radio dudelte Weihnachtsmusik. „Das musst du erstmal alleine durchziehen", flüsterte Lutz. „Ich greife nur ein, wenn es gar nicht anders geht."

Ich stellte mich vor den Tresen: „Guten Tag."

Der Polizeibeamte sah von der Schreibmaschine auf. „Tach. Was kann ich für Sie tun?"

„Frohe Weihnachten erstmal", sagte ich. „Und dann – äh, ja – ich möchte eine Meldung machen. Ich habe gestern Nacht zwei Autos beschädigt. Mit meinem Auto. Vor dem *Hotel garni am Lippeufer.*"

„Führerschein, Kfz-Schein dabei?"

Ich zog beides aus dem Portemonnaie.

„Moment."

Der Polizeibeamte fischte ein Blatt Papier aus seiner Ablage. „Ah ja. Da haben wir es. Sie haben sich dann einfach vom Unfallort entfernt?"

„Unfall – was heißt Unfall, das war doch kein richtiger Unfall …"

„Zwei Autos demoliert, geschätzter Schaden so um die achttausend Mark – das ist kein Unfall?"

„Ich dachte, es reicht, wenn ich heute früh …"

„Was heißt heute früh, heute früh ist zu spät. Sie hätten meine Kollegen rufen müssen, die haben auch Heiligabend Dienst. Oder mindestens eine Nachricht an den Fahrzeugen hinterlassen. Hatten Sie Alkohol getrunken?"

Ich sah mich zu Lutz Vasel um. Er schaute an mir vorbei auf die Wanduhr hinter dem Polizeibeamten. Es war kurz nach zehn. „Alkohol? Nein."

„Also kein Alkohol gestern nacht?"

„Nein."

„Wissen Sie, was das ist?" fragte der Beamte. „Fahrerflucht. Sie haben Fahrerflucht begangen. Sie hätten sich auf keinen Fall vom Unfallort entfernen dürfen."

„Ja, äh – das habe ich leider nicht gewusst, ich meine, es war ja auch mitten in der Nacht."

„So. Haben Sie also nicht gewusst."

„Und jetzt? Was passiert jetzt?" fragte ich schüchtern. Der Polizist fixierte mich.

„Was passiert denn jetzt?" wiederholte ich.

„Mit Ihrer Kfz-Versicherung alles in Ordnung?" fragte der Polizist.

„Läuft über meinen Vater", antwortete ich. Das Radio spielte *Jingle Bells*. Der Polizist sah mich weiter an.

„Weil Weihnachten ist", sagte er dann. „Sind Sie mit einer Verwarnung über zwanzig Mark einverstanden?"

„Ja – ja – natürlich!"

Ich wühlte in meinem Portemonnaie, fand zwei Zehnmarkscheine, legte sie auf den Tresen, bekam einen Quittungsabriss überreicht, wünschte dem Beamten noch einmal Frohe Weihnachten, stürmte aus der Wache, und stand auf der Erwitter Straße vor der Polizeistation.

Lutz kam hinter mir her. „Das ist nicht wahr", sagte er. „Das habe ich gerade geträumt. Die Lippstädter Bullen sind ja echt heiß drauf."

„Mir ist schlecht", sagte ich.

„Warste da schon mal?" Lutz deutete auf die Kneipe schräg gegenüber. „*Zur feuchten Ecke*. Guter Name irgendwie. Warste da mal?"

„Kann sein – irgendwann mal, ja. Mir ist ganz schlecht."

„Die haben ja sogar schon auf. Da gehen wir jetzt mal rein", meinte Lutz. „Frühschoppen. Kleines Pils schadet nie."

„Nein! Ich muss zu Hause anrufen. Meine Eltern drehen sonst durch!"

Ich öffnete die Tür zur Telefonzelle, die vor der Wache stand. Ein übler Gestank schlug mir entgegen. Offenbar hatte jemand in die Telefonbücher gepinkelt.

Mein Vater meldete sich, kaum dass ich zu Ende gewählt hatte. „Die Polizei war hier!" schrie er. „Du wirst gesucht! Fahrerflucht! Was machst du nur!"

„Das war gar keine richtige Fahrerflucht."

„Die wollten wissen, warum du nicht zu Hause warst. Wo du bist. Wo bist du denn jetzt? Ich habe gesagt, du bist unterwegs zur Polizeiwache." Mein Vater hatte erstaunliche Geistesgegenwart bewiesen.

„Genau", sagte ich. „Ich war auf der Wache und hab denen alles erklärt. Es ist alles in Ordnung. Alles okay."

„Und da hat noch jemand für dich angerufen", sagte mein Vater böse. „Juliane. Du sollst sie zurückrufen. Juliane oder wie die heißt."

Juliane? Was wollte Juliane plötzlich von mir?

„Ich komm dann irgendwann nach Hause, ja?" sagte ich zu meinem Vater. „Wartet nicht mit dem Mittagessen auf mich."

„Von mir aus brauchst du überhaupt nicht mehr nach Haus zu kommen!" schrie mein Vater. „Was machst du nur!"

Zur Feuchten Ecke

Lutz und ich überquerten die Straße. Ein Bier in der *Feuchten Ecke* war vielleicht wirklich nicht verkehrt.

Die Tür stand offen. „Morgen!" rief Lutz in das Kneipenzwielicht. „Frohe Weihnachten! Ist schon auf? Kriegen wir schon was?"

Hinter der langen Theke saß der Wirt, der genauso grau und übernächtigt aussah wie wir. „Ich sitz hier nicht zum Spaß", sagte er. „Geht sofort los. Pilsken?"

„Gern", erwiderte Lutz launig.

Das Bier zischte und gurgelte in der Leitung, der Wirt kippte ein paar Gläser voll Schaum in den Ausguss.

„Pilsken kommt gleich."

„Ich glaub, ich nehm lieber 'ne Cola", sagte ich.

„Quatsch", meinte Lutz. „Davon wird dir nur schlecht. Konterbier ist angesagt."

„Wohlsein!" Der Wirt servierte zwei Pils.

„Prost!" sagte Lutz.

Der erste Schluck Bier schmeckte wie ein letzter Rest aus der Nacht zuvor. Ich unterdrückte einen Würgreflex. Zur Belohnung stellte sich ein angenehmer Schwindel ein, alles entspannte sich, und auch meine Kopfschmerzen ließen auf der Stelle nach. Was jedoch blieb, war dieses seltsame Geräusch in meinen Ohren, das mich seit dem Aufwachen verfolgte, eine mittlere, unbestimmte Frequenz wie nach einem lauten Knall.

„Ahh!" machte Lutz. „Jetzt geht's mir wieder gut. Hoffentlich hat der Bulle uns nicht in die Kneipe reingehen sehen. Na ja, und wenn schon – jetzt ist ja egal. – Können wir noch zwei haben?"

„Kommt sofort", sagte der Wirt.

„Weißt du zufällig was von Juliane?" fragte ich Lutz. „Ich soll sie anrufen, hat mein Vater gerade am Telefon gesagt."

„Juliane? Keine Ahnung." Lutz pulte die letzte Gauloise aus der Packung. „Obwohl – jetzt muss ich mal scharf nachdenken. Lothar hat mich noch zum Hotel gefahren. Und Juliane war auch mit im Auto. Und richtig – dann sind wir hoch auf mein Zimmer. Lothar hat sich noch einen Whisky oder so was aus der Minibar genommen. Und dann haben wir ein bisschen rumgefummelt."

„Was heißt – rumgefummelt?"

„Na ja – rumgefummelt eben. Uns ein bisschen angefasst. Nichts Dramatisches. Ich bin eingepennt. Und dann kamen die Bullen, und die beiden waren nicht mehr da."

„Zum Wohl!" Der Wirt setzte die nächsten zwei Pils vor uns ab.

„Herzlichen Dank", sagte Lutz. „Gleich noch mal zwei.

Und können Sie mir bitte drei Mark auf den Deckel schreiben, für Zigaretten?"

„Kein Problem", sagte der Wirt.

„Du weißt also nicht, was mit Juliane sein könnte?" fragte ich.

„Was soll mit ihr sein? Die beiden haben es sich ein bisschen nett gemacht. Haben sich ja auch lange nicht gesehen. Was weiß denn ich – ich hab gepennt."

„Prösterchen!" sagte der Wirt und stellte die zwei Bier, die Lutz gerade geordert hatte, neben die Deckel mit unseren noch halbvollen Gläsern.

„Hab ich das bestellt?" Lutz gähnte. „Mann, ich schwächele. Ich muss in die Falle, sonst bin ich heute abend nicht fit. Wir trinken mal aus, ja? – Zahlst du?"

Ich nippte etwas von dem Bier, das der Wirt gerade gebracht hatte, hatte aber wieder das Gefühl, mich sofort übergeben zu müssen.

„Sechs Pils vierachtzig und die drei Mark für Zigaretten. Macht siebenachtzig", sagte der Wirt.

Ich legte einen Zehnmarkschein, meinen letzten, auf die Theke.

„Acht."

„Die Firma dankt", sagte der Wirt. Er gab mir zwei Mark zurück und begann, unsere Gläser abzuräumen.

„Moment! Nichts umkommen lassen!" sagte Lutz, griff nach seinem Glas und nahm einen letzten, langen Schluck.

„So. Jetzt ist gut. Frohe Weihnachten dann noch."

„Bis zum nächsten Mal", sagte der Wirt.

Frau Stracke

„Ich komm mit zum Hotel", sagte ich. „Meine Karre muss da weg. Und dann muss ich rauskriegen, was mit Juliane ist."

Wir wankten zurück zum *Hotel garni am Lippeufer*.

Ein taubenblauer Opel Caravan stand quer vor meinem grünen Käfer auf dem ansonsten leeren Parkplatz.

„Schon wieder zugeparkt", sagte ich. „Was soll das denn jetzt?"

„Schikane", meinte Lutz. „Reine Schikane."

Zum ersten Mal seit den Ereignissen der vergangenen Nacht schaute ich mir mein Auto näher an. Ich konnte keine Schäden entdecken, nur an der grundsoliden vorderen Stoßstange waren ein paar Lackspuren, vermutlich von den Autos, die ich gerammt hatte.

Braver grüner Käfer.

Lutz schloss die Eingangstür zum Hotel auf. Das kleine Empfangskabuff war nicht besetzt.

„Hier ist nie jemand", sagte Lutz und drückte auf die Glocke neben dem Ständer mit Postkarten und Prospekten.

Eine korpulente Frau erschien oben auf der Treppe. Sie erinnerte mich, weil sie ein graues, streng anmutendes Kostüm trug, an meine Tante Auguste, die Oberstudiendirektorin aus Bottrop, und sie hatte auch einen ähnlich hoch aufgetürmten Dutt wie sie. Ich hatte immer gerätselt, ob im Inneren solcher Hochfrisuren nicht vielleicht geknülltes Zeitungspapier steckte und bekam irgendwann heraus, dass ich damit gar nicht so falsch lag.

„Das ist Frau Stracke", flüsterte Lutz. „Der gehört der Laden hier."

„Ja bitte?" sagte Frau Stracke. „Ah, der Herr Vasel!"

„Wissen Sie zufällig, wem der blaue Opel Caravan draußen gehört?" fragte ich. „Ich komm nämlich nicht raus."

Frau Stracke kam ein paar Stufen herunter und musterte mich. „Sie sind doch der Sohn vom Lehrer Klockow? Rektor Klockow von der Graf-Bernhard-Schule?"

„Ja, stimmt", erwiderte ich. „Lehrer Klockow."

„Sie waren das also gestern Nacht. Ihr Vater ist sicher begeistert."

„Ach, der nimmt das nicht so tragisch – es tut mir übrigens sehr leid, dass ich da gestern diese Autos auf Ihrem Parkplatz touchiert habe, ich hab's echt nicht gemerkt, es ist aber alles in Ordnung jetzt."

„Touchiert? Alles in Ordnung? Na, Sie sind gut. Sie haben meinen Gästen die Autos demoliert, Stammgäste waren das; was meinen Sie, wie die sich gefreut haben, als die heute zum Frühstück runterkamen."

„Was heißt demoliert – das wird doch alles repariert, den Schaden zahlt die Versicherung."

„Was glauben Sie, was für einen Schaden i c h wegen dieser Geschichte habe! Den zahlt mir kein Mensch! Glauben Sie, meine Gäste wollen noch mal in ein Hotel, wo ihnen die Autos auf dem Parkplatz zusammengefahren werden? Hauen Sie bloß ab!"

„Das würde ich ja gern, aber mein Auto ist leider zugeparkt – wissen Sie vielleicht, wem der Opel draußen gehört?"

„Der Opel? Das ist meiner." Frau Stracke war unten angelangt und stand nun direkt vor uns.

„Hätten Sie auch gleich sagen können", sagte Lutz.

„Sie sind mal ganz ruhig!" erwiderte Frau Stracke scharf. „Leute wie Sie brauche ich in meinem Hotel überhaupt nicht."

„Ich brauch Sie auch nicht." Lutz zündete sich eine Zigarette an, ungefähr die zehnte an diesem Morgen. „Ich bin sowieso morgen früh weg."

„Na hoffentlich!"

„Würde es Ihnen was ausmachen, Ihren Wagen kurz wegzufahren?" fragte ich.

„Warum sollte ich das tun?" fragte Frau Stracke. „Bei dem Scheiß, den Sie hier gestern nacht gemacht haben?"

Ich machte eine hilflose Handbewegung.

„Na – ich will mal nicht so sein."

Frau Stracke griff in das Portierkabuff und fischte einen Schlüsselbund von der Wand. „Netter Mann, Ihr Herr Vater. Kenn ihn aus dem Musikverein. Hätte wirklich 'nen besseren Sohn verdient."

Sie parkte sie ihren Opel Caravan umständlich um. Ich fuhr sofort los und wartete nicht ab, bis Frau Stracke wieder ausgestiegen war. Der Motorsound meines Käfers erinnerte entfernt an den eines Rennwagens, und irgendetwas klapperte im Bereich der hinteren Kotflügel. Aber darum konnte ich mich jetzt nicht kümmern. Ich musste Juliane anrufen. Nicht sofort – als erstes musste ich den Kopf freibekommen; ich fuhr raus aus der Stadt, über das Soesttor auf den Alten Postweg und weiter in Richtung Hellinghausen. Plötzlich merkte ich, dass ich großen Hunger hatte. In Hellinghausen hielt ich vor dem Telefonhäuschen am Sportplatz. Der Geruch von kaltem Rauch schlug mir entgegen, immerhin stank es nicht nach Pisse wie in der Zelle vor der Polizeistation.

Juliane meldete sich sofort.

„Kannst du mich abholen?" fragte sie.

„Wann?"

„So bald wie möglich."

„Okay", sagte ich. „Ich bin in zehn Minuten bei dir. Kannst du mir eine Banane oder so etwas mitbringen? Ich muss was essen."

Juliane wartete vor dem Haus ihrer Eltern an der Südstraße. In der Hand hielt sie einen Apfel und eine Banane.

„Fahr los", sagte sie, während sie einstieg.

„Wohin?"

„Egal. Fahr einfach los. Hauptsache weg. Lothar hat mich letzte Nacht vergewaltigt. Im *Hotel am Lippeufer*. Hier – deine Banane."

Am Wiesenhaus

„Ach du Scheiße."

Mehr fiel mir erst einmal nicht ein.

„Sollen wir Richtung Sauerland –?"

„Nein, lieber zum Wiesenhaus. Lass uns da spazieren gehen", sagte Juliane. „Irgendetwas klappert an deinem Auto."

„Ach – das ist nichts, das war schon immer."

Wir parkten am Lipperbruchbaum, gingen ein Stück am Kanal entlang, überquerten die alte Schleusenbrücke und bogen in den von Pferdehufen ausgetretenen Weg auf der anderen Seite des Kanals ein. Das Wasser neben uns floss schwarz und lautlos, mit kleinen, gelbweißen Schaumkronen. Auf den kahlen Pappeln am Ufer hockten die Krähen und riefen ab und zu: „Krah, krah!"

Ich ging hinter Juliane her, weil der Weg so schmal war.

„Wann kapiert ihr Männer das endlich", sagte Juliane irgendwann. „Dass eine Frau manchmal einfach nur kuscheln will und sonst nichts. Aber ihr müsst ihn ja immer gleich reinstecken. Darunter macht ihr es nicht. Weil ihr euch sonst nicht großartig fühlt."

„Wieso ‚ihr' – ich hab doch gar nichts gemacht. Was – was ist denn eigentlich passiert?" fragte ich vorsichtig.

„Was passiert ist?" schrie Juliane. „Das habe ich ja wohl schon gesagt! Lothar ist über mich hergefallen! Er hat mich vergewaltigt! Hat es zumindest versucht."

„Wie kam das denn – ich meine, das sah doch ganz anders aus gestern abend, ihr hattet doch die ganze Zeit heftig, ziemlich heftig miteinander – geturtelt."

Juliane war stehen geblieben. „Miteinander – geturtelt?! Das ist alles, was du dazu zu sagen hast? Das ist ja unglaublich! Wieso schlägst du dich auf die Seite von Lothar?"

„Tu ich doch gar nicht!"

„Tust du sehr wohl! Halt mich nicht für blöd! Ich wollte

mit jemandem darüber reden, und dann sagst du so etwas? Ich bin wohl selber schuld, oder wie?!"

„Nein, nein, natürlich nicht – aber was wolltest du denn von Lothar, wenn ihr schon ins Hotel gegangen seid?" „Einfach nur ein bisschen rumliegen, da ist ja auch eine große Vertrautheit von früher. Und dann wälzt der sich plötzlich auf mich drauf. Das Schwein."

Ein paar zusätzliche Details hätten mich interessiert, zum Beispiel: wart ihr nackt?, aber das traute ich mich nicht zu fragen.

„Immer diese Missverständnisse", sagte ich stattdessen.

„Warum rede ich eigentlich überhaupt noch mit dir – ach, weißt du was, fahr mich einfach wieder nach Haus!" Juliane war sehr wütend. „Du checkst so was von überhaupt nichts!"

„Ja gut – wenn du willst. Dann bringe ich dich eben wieder nach Hause."

Juliane kehrte um und stürmte auf dem schlammigen Uferweg davon. In der Ferne waren Schüsse zu hören, merkwürdig, dachte ich, eine Jagd am ersten Weihnachtstag? Ich blieb noch einen Moment stehen und lauschte den Schüssen nach, die im Widerhall der Wälder nur langsam zur Ruhe kamen. Dann setzte auch ich mich in Bewegung.

Juliane wartete am Auto.

„Ich hatte übrigens auch ziemliches Pech letzte Nacht", sagte ich.

„Wenn du wüsstest, wie wenig mich das gerade interessiert", erwiderte Juliane.

Wir fuhren los.

„Deine Karre klappert aber ziemlich. Da schleift auch irgendetwas", sagte Juliane.

Im selben Moment knallte es, und mein Auto hörte sich an wie ein Panzer.

Ich bremste, stieg aus und sah den zweirohrigen Auspuff meines Käfers mitten auf der Wiedenbrücker Straße liegen.

Er war einfach abgefallen. Ein anderes Auto, das gerade noch ausweichen konnte, hupte, und der Fahrer gestikulierte wild, als er mich überholte.

„Ich glaube, du musst zu Fuß nach Haus gehen", sagte ich zu Juliane, die ebenfalls ausgestiegen war.

Putenklein

„Scheiße, ist der heiß!"

Ich hatte mir beim Versuch, den Auspuff von der Straße zu heben, die Hand verbrannt.

„Viel Glück noch mit deiner Karre!" hörte ich Juliane rufen, während ich den kaputten Auspuff mit dem Fuß in Richtung Bordstein schob. Als ich mich umsah, war sie schon ein Stück Richtung Stadt gegangen.

„Juliane, hör mal!" Ich lief ihr hinterher und erwischte sie am Arm. „Das war nicht mein Ernst, ich meine, du musst natürlich nicht zu Fuß nach Hause gehen. Ich bring dich schon nach Hause – irgendwie!"

Juliane machte sich mit einer heftigen Bewegung los.

„Lass mich in Ruhe", sagte sie. „Lass mich einfach in Ruhe!"

Ich kehrte zu meinem Auto zurück und ließ noch einmal den Motor an. Es entstand ein Höllenlärm.

„Samma – biste bescheuert? Dir geht's wohl zu gut da unten! Is Weihnachten!" schrie im Haus gegenüber ein Mann aus dem Fenster.

„Is ja gut!" schrie ich zurück und machte den Motor wieder aus. Vor Hunger und Müdigkeit konnte ich mich kaum noch auf den Beinen halten. Die Entfernung zu meinem Elternhaus erschien mir unüberwindbar, aber das Auto musste ich, keine Frage, stehen lassen, ein weiteres Mal an diesem ersten Weihnachtstag.

Ich bog in den Bastertweg ein, von dort in die Goethestraße, die sich unendlich lang hinzog, bis ich endlich unser Haus erreicht hatte, mich zitternd am Jägerzaun festhielt und noch einmal durchatmete, bevor ich die Gartenpforte öffnete. Auf der Treppe vor dem Haus standen mein Vater und Herr Mintert. Herr Mintert war der Vertrauensmann der *Gothaer*, der Versicherung, bei der mein Vater alles und jedes versichert hatte, auch mein Auto. Herr Mintert war immer im Dienst, man konnte ihn jederzeit bemühen, sogar an Weihnachten, wenn es sein musste. Ich kannte ihn, seit ich klein war, ebenso wie Herrn Lunkenheimer, den Winzer, der einmal im Jahr mit seinem LKW aus Bad Kreuznach kam und meinem Vater Wein von der Nahe brachte, oder Herrn Heiland, unseren kleinen, krummen Kartoffelbauern.

„Na, du Experte? Du machst ja Sachen", sagte Herr Mintert und drohte mir mit dem Finger. Dann wandte er sich wieder meinem Vater zu. „Soweit ist dann alles klar. Ich melde mich in den nächsten Tagen wieder. Schöne Weihnachten noch!"

Herr Mintert stieg in seinen braunen VW-Passat, den er vor unserem Grundstück geparkt hatte.

Ich ging etwas wackelig mit meinem Vater ins Haus.

„Junge, Junge, Junge, Junge!" sagte mein Vater.

Meine Mutter kam aus der Küche. Mit einem Geschirrtuch trocknete sie gerade etwas ab, eine Schüssel oder einen Topf. Sie sah verzweifelt aus.

„Was machst du bloß immer", sagte sie.

„Ich muss was essen", murmelte ich. „Und dann schlafen."

„Ich kann dir was warm machen von heute mittag. Putenklein."

„Ja, das wäre nett."

Putenklein war eine Art Frikassee aus den Innereien der riesigen Weihnachtspute, die es heute abend als Festtagsbraten geben sollte. Putenklein konnte meine Mutter, die eine geborene Metzgertochter war, sehr lecker zubereiten.

Ich saß am Küchentisch und versuchte zu essen, aber Hunger und Müdigkeit standen miteinander in Konflikt; ich brachte kaum etwas herunter. Mein Vater stand im trüben Nachmittagslicht vor dem Fenster. Er war müde und erschöpft, ich sah ihm die Wut und den Ärger an, die in ihm gerast hatten. Weihnachten war schon immer der pure Stress für ihn gewesen, auch wenn er das nie zugegeben hätte. Früher, als es noch richtige „Bescherungen" gab, hatte er an Heiligabend mit erhobener Stimme aus dem Lukas-Evangelium vorgelesen: „Es begab sich aber zu der Zeit ..." Eine Schallplatte vom Bertelsmann-Buchklub mit dem Tölzer Knabenchor unterlegte die biblischen Worte. Aber weil mein Vater jedes Jahr aufs Neue den Fehler machte, die Schiebetür, die das kleine vom großen Wohnzimmer trennte, wegen des „schönen Christbaums" schon vorher zu öffnen, lief seine Rezitation ins Leere. Meine Schwester und ich hatten nur noch Augen für die bunten Geschenkpakete, die wir im großen, sonst fast nie benutzten Wohnzimmer unter dem Weihnachtsbaum mit den brennenden Kerzen liegen sahen. Wir wurden immer unruhiger; der Mann, der an der Schiebetür stand und irgendetwas aus der Bibel vorlas, interessierte uns nicht die Spur. Und dann gab es endgültig kein Halten mehr. Wir stürzten uns auf die Geschenke und rissen gierig das Papier von den Paketen. Vergeblich versuchte unser Vater, uns wenigstens kurz zum Innehalten zu bewegen. „Schaut doch mal! Der schöne Baum!" rief er und wies auf den Christbaum, den er am Nachmittag mit Strohsternen und silbernen Kugeln sorgfältig geschmückt hatte. Aber meine Schwester und ich wühlten mit vor Aufregung rotfleckigen Gesichtern nur weiter in der Wüste aus zerrissenem und zerknülltem Geschenkpapier herum.

Nach der Bescherung kam Tante Ida von nebenan; Tante Emmi war sowieso schon da. Ich bekam von meiner Mutter hinterrücks ein Stück Seife oder eine Dreierpackung Underberg in die Hand gedrückt, damit ich etwas zum Schenken hatte.

Im Gegenzug bekam ich von Tante Ida zwei Mark.

In späteren Jahren warf mir mein Vater vor, ich würde zu Weihnachten eine grauenhafte Atmosphäre verbreiten. Ich säße nur noch teilnahmslos und schweigend als „steinerner Gast" herum, als wollte ich alle anderen abstrafen – da hatte er gar nicht so unrecht, dachte ich.

Und nun die aktuelle Katastrophe: Unfall, Fahrerflucht, Polizei im Haus.

Plötzlich erinnerte ich mich an eine Szene, viele, viele Jahre her, flimmernd und undeutlich; ich war vier oder fünf, als mein Vater auf dem Treppenabsatz vor dem Badezimmer stand und mir mit wutverzerrtem Gesicht meine vollgeschissene Unterhose entgegenstreckte, als wollte er meine Nase am liebsten in die Scheiße drücken.

Genau diesen entgleisten, angeekelten Gesichtsausdruck hatte mein Vater wieder, als er jetzt halb verschattet am Küchenfenster stand.

„Was machst du nur", sagte er.

„Ich muss ins Bett. Dringend", erwiderte ich.

Zapata

„Du sollst nicht rauchen!"

Ein vollbärtiger Jemand in einer zotteligen Strickjacke schob sich zwischen Sue und mich, packte die fast volle Schachtel Camel, aus der Sue sich gerade eine Zigarette nehmen wollte, und zerquetschte sie wie Raimund Harmstorff im Fernsehen die berühmte Seewolf-Kartoffel.

„Das ist mein neuer Freund", sagte Sue. „Fred aus Wadersloh."

„Hi!" sagte ich.

„Hai – wo?" erwiderte Fred, musterte mich verachtungsvoll und ging wieder.

„Bisschen dogmatisch, dein neuer Freund", meinte ich.
„Das lässt du dir gefallen?"

Sue seufzte. „Fred ist eigentlich ganz in Ordnung", sagte sie. „Mit dem Rauchen – na ja, da hat er einfach einen Knall. Den kompletten Sockenschuss. Bis vor ein paar Wochen hat er selbst noch gequarzt wie ein Weltmeister."

Sue und ich standen im Flur vom *Zapata*, der lautesten Lippstädter Kneipe. Hinterm Güterbahnhof gelegen, gab es kaum Nachbarschaft, auf die man hätte Rücksicht nehmen müssen. Jetzt, um kurz nach zehn, war noch Ruhe vor dem Sturm. Aus den Lautsprecherboxen perlte *Suzanne* von Leonard Cohen.

Mir ging es wieder einigermaßen. Ich hatte geschlafen, geduscht, den Weihnachtsbraten zu Haus überstanden und mich anschließend wieder in die Stadt verabschiedet. Über die unerfreulichen Ereignisse der vergangenen Nacht war nicht mehr gesprochen worden.

Sue hatte früher in der legendären schwarzen WG am Krummen Weg gewohnt und arbeitete neuerdings im *Zapata*. Die Zigarettenpause, die sie sich im Flur gönnen wollte, hatte ihr Freund gerade vereitelt.

„Blödmann", sagte Sue.

„Was macht Fred denn so?" fragte ich.

„Fred ist Bauer. Der einzige echte Ökobauer hier in der Gegend. Sag um Gotteswillen nie ‚Landwirt' zu ihm. Er will Bauer genannt werden. Wie früher."

In der Kneipe gab es Geschrei.

„Du sollst nicht hinter den Tresen!" hörte ich von drinnen. „Du sollst nicht hinter den Tresen!"

„Trouble in Paradise", sagte Sue. „Ich glaube, ich muss mal wieder rein."

Am Durchgang zur Theke stand Marco, ein schmächtiger Portugiese, der auf der *Hella* arbeitete. Er heulte. Ihm gegenüber hatte sich Grizzly aufgebaut, der Sue, während sie draußen war, an der Bar vertreten hatte.

„Aber hast du doch gerade selber gesagt, soll ich zu dir kommen", jammerte Marco.

„Das habe ich gesagt, dass du dann sagst: nein, Grizzly, das darf ich nicht, ich darf nicht hinter den Tresen kommen!" herrschte ihn Grizzly an. „Das weißt du genau, dass du da nichts zu suchen hast. Hab ich dir schon tausendmal gesagt! Du sollst nicht hinter den Tresen!" Grizzlys Zeigefinger schnellte hervor und stoppte knapp vor Marcos Nase.

„Sag mal, Grizzly – spinnst du?!" Sue zog Marco beiseite. „Ist alles gut, Marco."

„Der lernt das doch sonst nicht", verteidigte sich Grizzly. „Nur weil seinem Bruder früher der Laden gehört hat, glaubt er, er kann sich hier alles erlauben!"

„Du bist eine große Schwein!" schrie Marco.

„Faschist! Ausländerfeind!" Ein schmächtiger Typ mit rotem Kraushaar und Nickelbrille, der ein Stück weiter an der Bar saß, mischte sich ein.

„Du hältst schon mal die Fresse, du Student!"

„Student" gehörte zu den ärgsten Schimpfwörtern, die Grizzly zur Verfügung standen.

„Klar – Student", erwiderte der Kraushaarige. „Ich studier auf Lehramt. In Münster. Schon mal was von Schwarzer Pädagogik gehört? Soll ich dir das mal erklären?"

„Ach, leck mich doch fett!"

„So, jetzt sagt mal Prost und vertragt euch!" Sue hatte zwei Korn für Grizzly und Marco eingegossen.

Marco nahm ein Gläschen. „Machst du nie wieder so was, ja?"

Grizzly klickte sein Schnapsglas gegen das von Marco. „Mach ich nie wieder, wenn du nie wieder machst. Prost."

„Ich mach ma so!"

Ludger Schulze-Ochtringhaus klopfte mit den Fingerknöcheln auf den Tresen. „N'abend allerseits. Na, Grizzly, machste wieder den Dicken?"

„Ach du Kacke – Schulze-Moped! Der hat mir gerade noch gefehlt."

„Mach ma Pils, Sue. Ach, mach ma gleich Pils für alle", sagte Ludger Schulze-Ochtringhaus, der nur Schulze-Moped genannt wurde, weil er alles, was einen Motor und mindestens zwei Räder hatte, reparieren konnte.

„Ey, was ist denn das für ein Gejaule?"

„Was hast du gegen Leonard Cohen?" fragte Sue.

„Mädchenmusik. Kannste dir zu Haus reinziehen." Schulze-Moped zog eine Kompaktcassette aus der Parkatasche. „Hier, mach ma rein!"

„Na gut", sagte Sue und schob die Kassette ins Deck, das auf dem Marantz-Verstärker stand.

Die riesenhaften Lautsprecherboxen, die während des Leonard-Cohen-Gesäusels eine Art Schläfchen gehalten hatten, brüllten plötzlich los. Die brutalen Gitarrenriffs von *Born to be wild* knallten mir ins Ohr.

„Yeah!" Schulze-Moped reckte die Faust in die Höhe und wischte sich anschließend den Bierschaum von seinem spärlichen Oberlippenbart.

„Gut, dass ich dich treffe", schrie ich über die Musik hinweg.

„Hab schon gehört", brüllte Schulze-Moped zurück. „Dein Auspuff liegt vorm Trockenmilchwerk an der Wiedenbrücker Straße."

„Ja – große Scheiße. Was meinste – kann man da noch was schweißen?"

„Rost kannste nich schweißen. – Was haste für'n Käfer? Dreizehn-Null-Zwo? Dreizehn-Null-Drei?

„Dreizehn-Null-Was?"

„Hatta Bügeleisen oder Elefantenfüße?"

„Hä?!"

„Rückleuchten, Mann, ich red von den Rückleuchten. Dreizehn-Null-Zwo hat Bügeleisen, Dreizehn-Null-Drei hat Elefantenfüße."

„Ich hab einfach nur'n Dreizehnhunderter. VW 1300."

„Hatta Bügeleisen. Haste Glück gehabt. Dreizehnhunderter Auspuff hab ich noch zu liegen. Kann ich dir morgen drunterkloppen."

Schulze-Moped rollte ein kleines Kügelchen aus dem Dreck, den er unter seinem Daumennagel hervorgepult hatte. „Weißt du übrigens, wie der richtig heißt, der Dreizehn-Null-Zwo? Dreizehn - Loch - Zwo. Weil der beim Beschleunigen immer so ruckelt. Wegen dem Vergaser. Krichste nich richtich eingestellt. Kannste machen, wat de willst. Krichste einfach nich eingestellt."

Er schnippte das Dreckkügelchen weg.

„Grundsätzlich is aber'n schönes Auto."

Das Dreckkügelchen landete in meinem Bierglas.

Born to be wild fadete aus. Das langsame, lauernde Intro von *The Pusher* setzte ein.

„You know I smoked a lot of grass, oh lord I popped a lot of pills", sang John Kay, der Frontmann von *Steppenwolf*.

In der saloon-artigen Schwingtür, durch die man den Schankraum des *Zapata* vom Flur aus betrat, standen Lothar und Lutz Vasel. Von einer Sekunde zur anderen schlug mir das Herz bis zum Hals.

„You know I've seen a lot of people walking around with tombstones in their eyes", sang John Kay.

Lothar hatte den denselben Nadelstreifenanzug an wie am Abend zuvor und absurderweise eine Sonnenbrille auf. Lutz Vasel trug seine Elvis-Lederjacke.

„But the pusher don't care, ah, if you live or if you die. God damn the pusher", sang John Kay.

Lothar stellte sich links von mir an die Theke.

„Ich muss mit dir reden", sagte er, ohne in meine Richtung zu schauen.

„Ich mit dir auch", erwiderte ich.

„Aber wir sollten irgendwo hingehen, wo es leiser ist. Und Lutz muss was essen, sonst klappt der zusammen."

„Ich hab keinen tollen Weihnachtsbraten gehabt wie ihr alle", sagte Lutz. „Ich hab überhaupt noch nichts gegessen. Außer den paar Scheiß-Erdnüssen aus der Minibar im Hotel."

„Kein Pils!" Lothar wehrte ab, als Sue ihm ein Bier hinstellen wollte. „Oder doch – eins. Aber dann lass uns in den *Balkan-Grill*. Lutz kann was spachteln, wir picken ein paar Oliven und quatschen ein bisschen, ja?"

„Okay", sagte ich.

Balkan-Grill

Ich nahm neben Lothar in seiner cremefarbenen DS 19 Platz. Die Hydropneumatik hob das Auto an, Lothar tippte an den kleinen Hebel der Halbautomatik hinterm Lenkrad, und wir glitten los.

„La Déesse", sagte Lothar. „Die Göttliche. Wenn du einmal eine DS gehabt hast, willst du kein deutsches Auto mehr fahren."

Der *Balkan-Grill* war gleich um die Ecke, aber Lothar lehnte Zu-Fuß-Gehen, auch wenn es sich nur um ein paar Meter handelte, grundsätzlich ab. Wir mussten einmal um den Einbahnstraßenring kurven, der den Lippstädter Stadtkern umschloss.

„Citroën rostet schon im Katalog", meinte ich. „Sagt Schulze-Moped. Franzosenschrott."

„Dummes Zeug. Schulze-Moped hat überhaupt keine Ahnung. Treckerfahrer. – Scheiße, warum ist das eigentlich so dunkel?"

„Weil du deine Sonnenbrille aufhast", antwortete Lutz, der im Fond saß.

Wir parkten vor der Kundenkreditbank, stiegen einige Stufen ins Souterrain des gegenüberliegenden Gebäudes hinab, das aussah wie ein hochkant gestellter Schuhkarton, und betraten das jugoslawische Restaurant *Balkan-Grill*, einen, abgesehen von ein paar Oberlichtern, fensterlosen langen Schlauch, in dem es nach nassem Hund roch.

Ein Kellner, der eine geblümte Weste über seinem weißen Oberhemd trug, hatte an einem der hinteren Tische gesessen und erhob sich nun. Er schaltete die Musik ein, seltsamerweise griechischen Sirtaki, und brachte die Speisekarten.

Wir waren die einzigen Gäste.

„Lubljana-Schnitzel – was ist denn das?" wollte Lutz wissen.

„Schnitzel gefüllt mit Schinken und Käse", erläuterte der Kellner. „Sehr zu empfehlen. Heute aber nur kleine Karte. Cevapcici und Rasnici mit Djuwetsch-Reis."

Lutz entschied sich für Cevapcici. „Und ein bisschen was zu picken für alle. Oliven, Schafskäse und so."

„Zu trinken? Plavac?"

„Pils."

„Drei Pils dann?"

„Exakt."

Der Kellner entfernte sich.

„Weshalb ich mal in Ruhe mit dir reden will –", begann Lothar. „Also, ich hab da ein Riesenprojekt am laufen –"

„Was war gestern abend?" fragte ich.

„Was soll gewesen sein? Du hast zwei Autos kaputt gefahren, wenn ich das richtig mitgekriegt habe. Stramme Leistung."

„Das meine ich nicht."

„Was dann?"

„Juliane. Du und Juliane."

Der Kellner brachte die Getränke.

„Prost!" sagte Lutz. „Long live Rock 'n' Roll!"

„Long live Rock 'n' Roll!" wiederholte Lothar. „Okay, wenn's unbedingt sein muss: Juliane. Ich kann dir nur eines raten: hör endlich auf, den tragischen Ritter Don Quichotte von Juliane-Dulcinea zu spielen. Gibt wirklich Wichtigeres.

Ich dreh meinen ersten eigenen Film, verstehst du, da macht alles mit, was in München Rang und Namen hat, die Cleo Kretschmer, der Werner Enke, die haben alle zugesagt, und da wär auch was für dich dabei, erstmal ohne Gage, aber ist 'ne Riesenchance, und später, wenn der Film dann auf den Festivals gezeigt wird und in die Kinos kommt, gibt's natürlich auch Kohle. Richtig Kohle."

„Okay, mach's kurz – was ist das für ein Film?"

„So eine Art Bayern-Western – zwei Gangs auf einem Dorf, die sich bekriegen, mit viel Humor, aber auch brutal. Ich hab ja ein paar Monate auf so einem Kaff gelebt, in Eresried, und ein bisschen mitgekriegt, wie es da so zugeht. Ganz schön hart, sage ich dir. Lutz macht die dramaturgische Beratung."

„Genau", sagte Lutz. „es muss nämlich auch jemand von außen geben, der von außen kommt, einen ‚Zugereisten', darauf hab ich Lothar gebracht, ungefähr wie der Landvermesser K. in Kafkas *Schloss*, der die Strukturen aufbricht und zwischen die beiden Lager gerät; zum Schluss wird der dann zwischen zwei Traktoren gespannt und –"

„ – aber das wissen wir noch nicht, ob er jetzt tatsächlich zerrissen wird, oder ob –"

„Eine Frau ist natürlich auch im Spiel", ergänzte Lutz.

„Wahrscheinlich die Cleo. Und dieser, ich nenn den jetzt mal ‚Landvermesser' – der könntest du sein", sagte Lothar und nahm einen Schluck Bier. „Bah, ist das 'ne Plörre!"

„Was war das für eine Geschichte mit Juliane heute Nacht?" insistierte ich.

Lothar verdrehte die Augen. „Ach komm. Was soll denn bitteschön gewesen sein?"

„Juliane sagt, du hast sie vergewaltigt. Oder es zumindest versucht."

„Ich habe w a s ?!"

„Du hast versucht, Juliane zu vergewaltigen. Im *Hotel am Lippeufer*."

„Wie bitte? Was glaubst du von mir?! Ich vergewaltige doch keine Frau. Hab ich das nötig?"

„Ich hab nichts mitgekriegt, das sag ich euch gleich", meinte Lutz. „Ich hab gepennt."

Der Kellner kam. „Cevapcici. Und einmal Vorspeisenteller."

„Hab ich das nötig?" wiederholte Lothar. „ Hab i c h das nötig?"

„Weiß nicht. Haben Sie bestellt", sagte der Kellner und ging wieder.

„Hör mal zu." Lothar schob sich ein Stück Schafskäse in den Mund. „Glaub nicht alles, was Juliane dir so erzählt."

Lothar poppt sie alle, schoss mir durch den Kopf.

„Die Wahrheit ist – hör bitte zu – die Wahrheit ist: ich wollte gar nicht", fuhr Lothar fort. „Hätte auch gar nicht gekonnt. Ich hab da nämlich 'ne kleine Entzündung an der Eichel, nichts Schlimmes, aber es tut weh beim Vögeln. Ich soll auch besser gar nicht vögeln, sagt der Arzt. So war das."

Lothar seufzte. „Sie kann von mir aus erzählen, dass das eine miese Nacht für sie war, aber dass sie dermaßen jämmerlich und unverschämt reagiert – das ist doch einfach zum Kotzen."

„Ich hab gepennt", wiederholte Lutz.

Der Kellner kam an unseren Tisch. „Noch einen Wunsch? Letzte Bestellung. Wir schließen gleich."

„Nein danke. Wir zahlen dann schon mal."

Der Kellner brachte das Wechselgeld. „Eine Slivovitz aufs Haus? Oder Likör?"

„Slivovitz."

„Der Slivovitz war das Letzte", sagte Lutz, als wir zum Auto gingen. „Wie in dem einen Asterix-Band, wo der Wirt in Massilia zu seiner Frau sagt: ‚Bring was zu trinken. Aber nicht von dem Zeug für die Gäste.'"

„Was ist d a s denn?" fragte Lothar.

Hinten auf seiner DS waren drei Buchstaben zu erkennen, die im Licht der Kundenkreditbank-Reklame golden schimmerten: W A L, frisch auf den Kofferraumdeckel gesprüht, etwas Lack tropfte noch auf die Stoßstange.

„Hier ist noch etwas", sagte Lutz, der auf der Straße stand. „An der Beifahrerseite. T I G E R. Und auf der Motorhaube – soll das ein Frauenzeichen sein?"

„Tigerwal?" überlegte ich.

„Ach du Scheiße!" murmelte Lothar. „Was i s t das?!" Über die gesamte Fahrerseite war die Buchstabenfolge V E R G E gesprüht.

„Ich glaube, du musst von da anfangen zu lesen, wo du jetzt stehst. Und dann ums Auto rum", meinte Lutz. „Verge-wal-tiger."

Lothar schrie los. „Jule! Diese blöde Fotze! Was bildet die sich ein?!"

Er feuerte die Autoschlüssel in den Rinnstein.

„Die Karre war doch nur geliehen! Die gehört mir gar nicht! Was mache ich denn jetzt?"

Die Autoschlüssel baumelten im Gitter eines Gullys.

„Ist doch nur'n Auto", sagte Lutz. „Reg dich ab. Und goldene Schrift auf cremefarbenem Grund – das hat doch was."

Suderlage

Schulze-Moped saß in der beginnenden Dämmerung auf einem ausgebauten Autositz vor seinem Haus und drehte sich eine Zigarette. Direkt über ihm hing das große, weißrote Schild der alten Gasolin-Tankstelle am Lippertor, die vor ein paar Jahren dichtgemacht hatte.

Ich hockte auf der steinernen Schwelle der Haustür und fror etwas. Die Luft war feucht und diesig. Es war spätnachmittags am zweiten Weihnachtsfeiertag.

Schulze-Moped wohnte in Suderlage auf einem aufgegebenen Bauernhof. Überall lagen Schrott und Gerümpel herum, zerborstene Holzpaletten, Plastikeimer und -fässer. Eine verrostete, in den nassen Boden eingesunkene Landmaschine stand auf dem Hofplatz neben einem blassroten, halb von einer Plane verdeckten Karmann Ghia. Im rechten Winkel zum Wohnhaus befand sich die ehemalige Scheune, in der jetzt Schulze-Mopeds Werkstatt untergebracht war. Schulze-Moped hatte mein Auto vom Trockenmilchwerk abgeschleppt und den Auspuff repariert. Ich wollte nicht mehr nach Lippstadt zurück, sondern von Suderlage aus direkt auf die Autobahn Richtung Hamburg.

„Bessere dich!" hatte meine Mutter gesagt, als ich mich von ihr verabschiedete, und mein Vater hatte sich um ein aufmunterndes Lächeln bemüht, das ihm jedoch leicht ins Unglückliche verrutschte.

„Vorderachse hab ich auch abgeschmiert", sagte Schulze-Moped. „Bremsen solltest bald mal machen. Das Pedal kannste ja fast bis zum Bodenblech durchtreten."

„Gibt immer noch die Handbremse."

„Na, du hast Nerven."

Ein qualmender, nagelnder Mercedes 180 Diesel quälte sich auf den Hof. Die Fahrertür knarrte, und Fred, der Zigaretten-Zerquetscher aus dem *Zapata*, stieg aus.

„Mein Nachbar", sagte Schulze-Moped. „Hat Vosswinkels Hof übernommen, drüben an der Glenne."

„Hab ich gestern flüchtig kennengelernt. Bauer. Öko. Bloß nicht Landwirt sagen."

„Läuft aber nicht, der Hof."

Fred stiefelte auf uns zu.

„Hi!" sagte er zu Schulze-Moped. „Gib mal Tabak."

„Ich denk, du rauchst nicht mehr."

„Vergiss es. Sue hat mit mir Schluss gemacht."

„Warum das denn?"

„Hab im *Zapata* ihre Frikadellen aus der Vitrine genommen und in den Ausguss geschmissen."

„Wieso das denn?"

„Scheiß Massentierhaltung."

Fred kramte ein Feuerzeug aus seiner Zottel-Strickjacke, zündete sich die Zigarette an, aus der ein paar Tabakfasern hingen, und lehnte sich gegen die Hauswand.

„Scheiß Weiber."

Aus dem Hausinneren war eine verstimmte Gitarre zu hören.

„Reinhold", sagte Schulze-Moped. „Reinhold ist aufgewacht. Wohnt ein paar Tage bei mir."

Ich hörte ein paar Akkorde, so etwas wie e-g-a-e. *House of the Rising Sun* sollte das wohl sein; die Hippies sterben nicht aus, dachte ich, irgendwie beruhigend.

„Lass uns reingehen, Kaffee trinken", schlug Schulze-Moped vor. „Wird'n bisschen frisch hier draußen."

Ich erhob mich von der steinernen Schwelle, und wir betraten die düstere, niedrige Diele. Links ein paar Garderobenhaken mit Anoraks und Parkas, darunter dreckverschmierte Gummistiefel und ein Bierkasten. Gegenüber an der Wand hing ein blaustichiges Plakat mit dem Hafen der griechischen Insel Mykonos.

Geradeaus ging es in die Küche. Auf der Eckbank saß, über seine Gitarre gebeugt, Reinhold. Er war der Student aus Münster mit den rötlichen Haaren, den Grizzly gestern im *Zapata* beschimpft hatte.

Reinhold blickte hoch, gleichzeitig durch seine Nickelbrille schräg über uns hinweg, beugte sich wieder über die Gitarre, spielte diesmal e-g-a-c, nölte die Melodie mit: „h-naa-na-naa-na-naa-na-naa …", machte eine kleine Pause und seufzte: „Oh fuck!"

„Na, du Penner?" sagte Fred.

„Hallo!" gähnte Reinhold. Er zupfte an einer Saite und ließ den Mittelfinger der anderen Hand übers Griffbrett rutschen. „Hab Kaffee gemacht. Hab aber keine Filter gefunden. Hab Tempos genommen."

Schulze-Moped, der sich schon einen Becher eingegossen hatte, verzog den Mund. „Is 'ne echte Mörderbrühe."

„Na jaah." Reinhold kratzte sich hinterm Ohr.

Wir schwiegen.

„Was macht ihr denn heute Abend noch?" fragte ich.

„Ja – was machen wa?" Schulze Moped schaute in die Runde und erhielt keine Antwort. „Wissen wa noch nicht. Eher'n Ruhigen."

„Ich fahr dann mal", sagte ich.

„Bis die Tage", sagte Fred.

„Denk an die Bremsen", sagte Schulze-Moped.

„Venceremos", sagte Reinhold.

Ich fischte mir noch für später eine Flasche Bier aus der Kiste in der Diele und verließ Schulze-Mopeds Haus.

Draußen war es stockdunkel geworden. Ich tastete mich über den Hofplatz in die Scheune, setzte mich in mein Auto, startete es und stellte beruhigt fest, dass es wieder sein normales Betriebsgeräusch hatte.

Ich bog in die schmale Kreisstraße ein, die zur B 55 führte. Ein leichter Regen hatte eingesetzt. Die Scheibenwischer quietschten auf der Windschutzscheibe.

Plötzlich stand vor mir im Scheinwerferlicht mitten auf der Straße eine Gestalt, winkend, mit über dem Kopf erhobenen Armen. Ich trat aufs Bremspedal, hörte, wie es mit einem dumpfen „Tock!" unten im Fußraum anschlug, riss den Handbremshebel hoch und kam einen halben Meter vor der winkenden Gestalt, die nicht ausgewichen war, zum Stehen. Ich kurbelte die Scheibe herunter, erst einmal nur ein bisschen, vielleicht war es ja ein Überfall oder so etwas.

„Kannst du mich nach Diestedde fahren?"

Die Gestalt auf der Straße war eine junge Frau, hübsch, mit nassen Haaren, etwas derangiert.

Diestedde war überhaupt nicht meine Richtung, aber die junge Frau war gewissermaßen eine hilflose Person, ich sollte sie besser mitnehmen.

Sie stieg ein. Ich roch, dass sie eine starke Fahne hatte.

„Aua!" sagte sie. Sie hatte sich an meinem Kassettenrekorder, der mit einer Metallspange unter dem Handschuhfach angebracht war, das Knie gestoßen.

Wir fuhren los. Sie war vielleicht Anfang zwanzig und wirklich sehr hübsch, volles, rundes Puppengesicht mit kleinem Mund. Ein wenig erinnerte sie mich an Annegret.

„Kannst das Taxameter ruhig ausmachen", sagte sie und deutete auf den Kassettenrekorder vor ihr.

„Ich bin kein Taxi", antwortete ich.

„Ach so. – Was machst'n du so?"

„Studieren", erwiderte ich der Einfachheit halber. Ich hatte keine Lust auf komplizierte Erklärungen.

Plötzlich rief sie: „Bieg da mal ab."

„Das ist doch nur ein Feldweg."

„Ja, aber da ist 'ne Fete. Da müssen wir hin. Wir beide. Du und ich."

„Pass auf. Ich fahr dich jetzt nach Haus und sonst nirgendwohin. Wohnst du überhaupt in Diestedde?"

„Na klar wohn ich in Diestedde. Wo denn sonst?"

Sie begann in ihrer Tasche zu kramen.

„Oh Scheiße – ich habe meinen Schlüssel verloren."

Ich war eher amüsiert als verärgert. „Wie kommst du denn dann in deine Wohnung?"

„Kein Problem – ich klingele bei meiner Vermieterin."

Wir fuhren weiter.

„Wie kann ich das nur wieder gut machen?" fragte sie nach einer Weile.

„Du brauchst nichts wieder gut machen. Es ist alles in Ordnung."

„Ich brat uns noch ein paar Spiegeleier, ja?"

Schade, dass sie so betrunken ist, dachte ich.

„Vielen Dank, aber ich muss wirklich weiter."

„Wohin denn noch?"

„Nach Hamburg."

Wir kamen nach Diestedde. Sie dirigierte mich in eine kleine Wohnstraße. „Stopp!" sagte sie. „Hier wohn ich."

Ich hielt an.

„Einen großen oder einen kleinen?" fragte sie.

„Was?"

Sie lächelte. „Kaffee."

Ich zögerte etwas und sagte dann: „Nein, danke, wirklich nicht."

Sie blieb neben mir sitzen. „Du musst unbedingt Anton kennenlernen."

„Anton?"

„Anton ist mein Hund. Der mag Männer. Ich heiße übrigens Anne."

„Annegret?" fragte ich.

„Nein, nur Anne. Wieso Annegret?"

„Dachte, du hättest Annegret gesagt. Du – ich muss jetzt echt weiter."

„Tschüss dann. Und vielen Dank."

Anne tätschelte meine Hand und stieg aus. Ich verzichtete auf Kaffee, Hund, Spiegeleier und möglicherweise auch auf sie.

Aber sie war wirklich zu betrunken.

„Clarion – schon der Name klingt nach Musik" – mit diesem Spruch warb die Herstellerfirma meines Kassettenrekorders. Es war auch wirklich ein erstklassiges Gerät. Vor dem Heckfenster hatte ich die Boxen der alten Stereoanlage aus unserem Lippstädter Wohnzimmer platziert, mindestens zweimal vier Watt, das ergab einen Super-Sound.

Ich legte die *Doors*-Kassette ein, die einzige, die ich besaß, und drehte die Lautsprecher auf, bis sie schepperten.

„Time to live
Time to lie
Time to laugh
Time to die …"

Ich sang lauthals den Refrain mit,

TAKE IT EASY BABY TAKE IT AS IT COMES,

trommelte den Rhythmus auf dem Lenkrad und fuhr auf die Autobahn.

Irgendwie war alles gut.

Mein Vater

Meinem Vater ging es nicht gut. Eine Pilzinfektion in der Lunge, hartnäckig, sie ging einfach nicht mehr weg, wurde mit Antibiotika behandelt, durch die sein Gleichgewichtssinn beeinträchtigt wurde. Mein Vater war ganz unsicher, ungeschickt, tapsig, zog den Zorn meiner Mutter auf sich, wenn er sich in der Küche nützlich machen wollte.

Mein Vater krankt. Mein Vater schwankt.

Mein Vater nimmt seinen speziellen, großen Becher aus dem Küchenschrank, füllt ein oder zwei Teelöffel Gekörnte Brühe von Maggi oder Knorr hinein (ich dachte lange, es hieße „Gekrönte Brühe", weil sie etwas Besonderes sei), schüttet heißes Wasser hinzu, bereitet sich Fleischbrühe zu. Unter den argwöhnischen, ungeduldigen Augen meiner Mutter. – Hoffentlich kleckert er nicht.

„Lieber Gott mach mich fromm dass ich in den Himmel komm Amen." Das war das Abendgebet, das ich als Kind mit meinem Vater sprach. Unsere Hände übereinander gelegt. Er blieb dann im dunklen Zimmer noch eine Weile an meinem Bett sitzen, roch nach Rauch, nach diesen Zigarillos, Dannemann.

Ich hatte großes Vertrauen zu meinem Vater. Ich erzählte, wie es mich ängstigte, dass die Welt so groß sei, dass sie nicht einfach an der Lönsstraße kurz hinter unserm Haus aufhörte.

Wenn mein Vater das Zimmer verließ, wollte ich, dass die Tür einen Spalt offenblieb.

Mein Vater legt den Garten in der Goethestraße an, setzt Rasenstücke ein, das Gesicht vor Anstrengung verzerrt.

Ich ging ins Esszimmer und stand meinem Vater gegenüber.

„Tag, Vati."

„Du weißt, dass Mutti sehr ärgerlich auf dich ist, weil du zu spät nach Haus gekommen bist?"

„Ja, Vati."

„Hast du mir etwas dazu zu sagen?"

„Nein, Vati."

Während ich das kalte Fleisch aß, sah mich mein Vater ganz merkwürdig an. Ich bemühte mich, seinem Blick auszuweichen, doch es gelang mir nicht.

„Ist was Besonderes heute in der Schule losgewesen?"

„Was soll losgewesen sein", antwortete ich unsicher, mich innerlich totlachend.

Ich aß weiter. Es schien alles nach Plan zu laufen, bis mein Vater hart, aber nicht laut fragte:

„Eingetragen worden? Habt ihr eine Arbeit geschrieben?"

Wieder verneinte ich unsicher, aber innerlich hatte ich zu lachen aufgehört.

„Hast du eine Arbeit zurückbekommen?"

Aus, dachte ich. Damit, dass er so konkret fragen würde, hatte ich nicht gerechnet. Mein „Psychologischer Kampfplan" war wie ein Kartenhaus zusammengefallen. Wenn ich erst am Abend gestehen würde, würde das meine Lage noch verschlimmern, weil jetzt auf diese Frage hin lügen müsste, um mich bis zum Abend schadfrei zu halten.

Ich zögerte.

„Zeig mir das Heft", kam es da klar und deutlich von meinem Vater. Ich hatte verloren, ging, das Heft zu holen, legte es ihm auf den Tisch. Mein Vater sah mich an und schüttelte den Kopf. Einmal mehr wurde mir klar, dass mein Vater mich besser kennt als ich ihn. Ich fühlte mich elend und schämte mich.

Mein Vater legte das Heft hin, und ich sah, dass ich gehen konnte.

Dies schrieb ich am 30. Oktober 1969 in einem Deutschaufsatz mit dem Titel *Ich kam zu spät nach Hause.*

„Du hast eine dünne Haut", sagte mein Vater manchmal zu mir.

Mein Vater hatte zwei Zeitungen im Abonnement, die mit seiner Kriegsgefangenschaft zusammenhingen: *Der Heimkehrer* und *Unsere Sechzehnte,* die Zeitschrift seiner alten, der sechzehnten Panzerdivision, mit der er im Zweiten Weltkrieg durch Europa getourt war. *Der Heimkehrer* erschien monatlich und war eine richtige Zeitung. Ihr Name war in großen grünen Lettern gesetzt. *Unsere Sechzehnte* kam nicht so häufig; sie war schmal zusammengefaltet und von einer braunen Banderole aus Packpapier umschlossen.

Aber mein Vater war nie (glaube ich, ich weiß es natürlich nicht sicher) auf irgendwelchen Kameradschaftstreffen. Meine Mutter erzählte, dass er den Kontakt zu alten Kameraden eher abgewehrt habe. Und sie erzählte auch, dass er seine russische Kriegsgefangenschaft der „Nibelungentreue" zu seinem Kommandeur verdanke, der sich, anstatt eine bestimmte Verabredung einzuhalten, abgesetzt habe, um in amerikanische Gefangenschaft zu kommen und der russischen zu entgehen, während mein Vater „aushielt". Dieser Kommandeur sei dann in der Bundeswehr wieder ein hohes Tier geworden. Das habe meinen Vater sehr verbittert.

„Prost, Herr Klockow!"
„Prost!" antwortete mein Vater und trank sein Gläschen leer.
Onkel Willibald schenkte nach.
„Prösterchen, Herr Klockow!"
„Prost, Herr Gallenkamp", sagte mein Vater und trank sein Glas aus.

„Wohlsein, Herr Klockow!" sagte Onkel Karl-Wilhelm, zwinkerte stark mit dem rechten Auge und lachte bellend. „Auf Ihr Wohl, Herr Heitmann", antwortete mein Vater und kippte seinen Schnaps.

„Prost, Herr Klockow!" sagte Onkel Willi.

„Prost, Herr –"

Mein Vater trank tapfer weiter. Was er – kurz nach seiner Heimkehr aus der Kriegsgefangenschaft – nicht kapierte: die Kränzchentanten-Gatten wollten ihm durch ihr Zutrinken mit *Auf's Blatt*-Doppelkorn signalisieren, dass es an der Zeit sei, sich mit Du und beim Vornamen anzureden. Das begriff mein Vater nicht, und deshalb war er am Ende sturzbetrunken.

Im CVJM-Zeltlager 1970 im Spessart schlug ich mich erbittert mit Hubertus Blanke, weil der behauptete, mein Vater hätte mich in der Graf-Bernhard-Schule, wo er Rektor war, am Ende jeder Großen Pause öffentlich geohrfeigt, bevor er die Klassenverbände nach Art eines Polizisten (oder Offiziers?) nacheinander durch das Portal, über dem „Gott mit uns" stand, ins Schulgebäude dirigierte. Hubertus und ich prügelten uns bis aufs Blut, diese unwahre Behauptung beleidigte meinen Vater.

Ich räumte ein, dass er mich in der Schule einmal geschlagen habe, einmal, aber mit Grund, weil ich ihm vor dem Rektorzimmer eine wutentstellte „Zornickel"-Fratze geschnitten hatte, ähnlich der Fratze, die ich früher bei meinem Vater in Zuständen von Wut oder Anstrengung gesehen hatte. Ob er in meinem Zornickel-Gesicht sein eigenes erkannt und deshalb zugeschlagen hat? Anstrengung gleich Verkrampfung: deshalb war ich auch immer schlecht und langsam im Laufen, blockierte mich selbst, völlig verkrampfter Kiefer, wieder das Zornickel-Gesicht. Heute beobachte ich Jogger im Wald und sehe, dass sie den Großteil ihrer Anstrengungen darauf verwenden, über die Blocks in ihrem eigenen Körper hinwegzukommen, anstatt ihre Energie aufs Vorwärtskommen zu verwenden.

Der Soldat, den ich in Max Frischs *Andorra* spielte, war mir gut gelungen. Mein Vater sagte, so seien die Kapos tatsächlich gewesen. Gesa erschrak über die Gemeinheit und die Brutalität, die sie auf der Bühne an mir sah.

Aufgrund seiner Erkrankung ging mein Vater aus dem Schuldienst, verbrachte einige Zeit in einem Sanatorium bei Hamburg, versuchte es noch einmal, und wurde endgültig pensioniert.

Mein Vater liegt im Krankenhaus. Er fragt: „Darf ich dich um etwas Unangenehmes bitten?" Er möchte, dass ich seine Zahnprothese reinige. Er nimmt sie aus dem Mund und gibt sie mir. Ich bürste sie unter warmem Wasser ab. Sein Blick ist verschleiert, er schaut durch alles hindurch, meist jedoch sind seine Augen geschlossen. Er isst nur noch wenig. Arme und Beine sind ganz dünn geworden, der Oberkörper ist eigenartig schief und hoch, er sieht aus wie ein kleiner Schrank. Die Stimme schwach und brüchig. Lange Pausen zwischen den Sätzen, die Hände, die er manchmal merkwürdig hochreckt, sind zittrig.

Ich sitze neben seinem Bett. Ich will sagen, dass es draußen schon herbstlich wird, aber ich finde es unpassend und lasse es. Ich sitze da und denke nicht viel, habe aber auch kein Bedürfnis, aufzustehen und wegzugehen.

Es klopft. Pfarrer Bartelt tritt ein. Er hat einen Blumenstrauß in der Hand, richtet den Dank und die besten Wünsche des Presbyteriums aus. Erzählt etwas über Trost und Abschied, mit westfälisch eingefärbter, dröhnender Kanzelstimme, und überreicht zum Schluss ein Kärtchen mit einem Psalmvers. Er hält die Hand meines Vaters.

„Gott ist allmächtig", sagt Pfarrer Bartelt.

„Gott ist ohnmächtig", antwortet mein Vater.
Pfarrer Bartelt verabschiedet sich irritiert und verlässt das
Krankenzimmer. Als er draußen ist, sage ich leise:
„Sausack." Mein Vater lächelt schwach und genüsslich.
Auf dem Nachttisch steht, in der Mitte geknickt, das klei-
ne Psalmkärtchen.
„Dreh es um", flüstert mein Vater.
Ich weiß nicht genau, was er meint, drehe die Schrift auf
die von ihm abgewandte Seite.
„Das Weiße nach außen", sagt mein Vater. Er will, dass
ich das Kärtchen so knicke, dass die Schrift innen ist und
ganz verschwindet.
Ich tue es, und wir feixen ein bisschen.

Mein Vater starb 1989. Er wurde dreiundsiebzig. In seinem
Nachlass fand ich ein Gedicht. Er schrieb es 1940 auf dem
Westfeldzug von Hitlers Wehrmacht, als er vierundzwanzig
Jahre alt war.

Marsch

Wir reiten durch Staub und durch Hitze,
wir reiten bei Tag und bei Nacht.
Es rollen unsre Geschütze
durch Belgien und Frankreich zur Schlacht.

Was lange im Innern uns brannte,
was lang uns die Freud vergällt:
Wir tilgen den Rest jener Schande,
mit der uns bespie die Welt.

Kaluno

„Weißt du", sagte Lothar, „ich hab ja auch gelebt, wie man so sagt. Ich hab wirklich nichts ausgelassen."

Er zog an seiner Zigarette.

„Ich hatte schon immer diese Kopfschmerzen, rasende Kopfschmerzen, schon in Lippstadt, das weißt du vielleicht nicht. Ich hab da nicht viel drüber geredet. Die wünsche ich meinem ärgsten Feind nicht, solche Schmerzen. Ich bin fast verrückt geworden, bin zu den Ärzten gerannt, hab alles Mögliche versucht, hab alles eingeworfen, was es an Schmerzmitteln so gibt, die totalen Hämmer.

Ich war in der Röhre, CT, MRT, drei-, viermal, sie haben nie was gefunden, und plötzlich, war der totale Zufall, haben sie dann doch was gefunden. Eine Zyste im Kopf, die hat diesen Wahnsinnsdruck im Schädel gemacht. Inoperabel, Pech gehabt. Das einzig Gute: so eine Zyste wächst nicht, die ist einfach nur da und macht diese höllischen Schmerzen. Da hab ich dann sogar an Selbstmord gedacht, ich habs einfach nicht mehr ausgehalten.

Ich bin in meinem Jaguar mit zweihundert Sachen über die Autobahn und hab einfach mal für ein paar Sekunden die Augen zugemacht. Ich wollte mich gar nicht umbringen in dem Moment, hab einfach nur die Augen zugemacht, war irgendwie alles scheißegal – na ja, und jetzt ist das so.

Tja, ich hab eben 'ne Menge Unsinn gemacht. Das war auch so was.

C'est ça.

Schiefgegangen oder auch nicht. Wie man's nimmt. Jetzt sitze ich hier in dem Ding. Schickes Teil, nicht? Endgeschwindigkeit kannste natürlich vergessen.

Ich war lange in dieser Klinik, in der Reha, halbes Jahr oder so. Da haben sie mich als allererstes entgiftet. Neben dem ganzen anderen Scheiß. Totaler Reset. Das war echt hart. Ich hab nur noch gewimmert. Aber da musste ich durch, meinte die Psychologin, eine ganz erfahrene Frau war das, und die hat mir auch endlich gesagt, was Sache ist.

Nämlich dass ich das Ding in meinem Kopf akzeptieren muss, wenn ich weiterleben will, weil loswerden kann ich es nicht mehr. Im Grunde ganz simpel. Aber das musst du erstmal kapieren. Also diese Frau, diese Psychologin, die hat mir gesagt, ich soll meditieren. Ich hab gar nicht gewusst, was das ist, meditieren. Ich hab ihr gesagt, ich habe ganz andere Probleme. Aber sie hat gesagt, versuchen Sie das mal. Einfach nur rumsitzen und auf die Ostsee schauen, das war erstmal überhaupt nicht mein Ding. Aber dann hab ich gemerkt, dass mir das unglaublich gut tut. Überhaupt der Norden. Dass hier alles viel ruhiger und langsamer ist als bei uns unten in München."

Lothar deutete auf den zum See hin abschüssigen Garten. „Das da vorn ist mein Meditationsort. Den hab ich mir extra anlegen lassen. Da sitze ich und schaue einfach nur vor mich hin, auf den Dobersdorfer See."

Zwischen ein paar alten, knorrigen Obstbäumen war ein Kreis aus hellem Kies aufgeschüttet.

„Wir sollten langsam mal anfangen", sagte ich.

„Okay."

Lothar wendete seinen Rollstuhl, verlagerte sein Gewicht, die vorderen kleinen Räder hoben kurz ab und überwanden die Schwelle der Terrassentür.

„Nee lass, brauchst nicht zu schieben."

Lothar rollte durch die Terrassentür ins Wohnzimmer. Neue, helle Möbel, auf den Schränken und in den Regalen bunte Glasvasen und Flaschen in unterschiedlichen Größen.

„Gehört euch das Haus?" fragte ich.

„Nee, ist nur gemietet. Sehr fairer Vermieter. Hat alles neu gemacht", sagte Lothar. „Weiter durch."

An das Wohnzimmer schloss sich ein Raum an, der von einem großen, bogenförmigen Bürotisch beherrscht wurde.

„Hier kann ich alles machen, in absoluter Profiqualität."

Lothar rollte hinter den Tisch, auf dem ein großes Mischpult, Monitore und anderes Computer-Equipment aufgebaut waren. An einem der Monitore lehnte rücklings eine etwa fünfzig Zentimeter große Puppe mit roten, verstrubbelten Haaren und einer mit bunten Flicken besetzten Jacke.

„Das ist er. Kaluno", sagte Lothar. „Kaluno, der Musik-abenteurer. Unser Sympathieträger. Hat Susanne entworfen."

Kaluno sah aus wie eine Mischung aus Sams und Pumuckl.

„Und dort" – Lothar wies auf die geöffnete Tür gegenüber vom Arbeitstisch – „dort ist deine Sprecherkabine."

Die Sprecherkabine schien eine Art Gästezimmer zu sein. An einer Wand stand ein Schlafsofa und in der Mitte des Raums ein Stativ mit Mikrofon. Davor ein Notenständer, über dem ein Kopfhörer baumelte.

„Weißt du", meinte Lothar, „was wir auf keinen Fall mehr wollen, das ist so ein konventioneller Märchenonkel-ton. Den hatten wir in der Vorgängerversion von *Kaluno*. Hat der Elmar Gunsch eingesprochen. Kam bei den Erwachsenen supergut an, bei den Kindern aber überhaupt nicht. Die wollten was Frischeres, Jüngeres. Also ruhig ein bisschen auf die Kacke hauen."

„Kein Problem. Okay. Dann wollen wir mal."

„Ja", sagte Lothar. „Dann wollen wir mal."

Ich ging nach nebenan, schloss die Tür hinter mir, legte den *Kaluno*-Text auf den Notenständer und zog die Kopfhörer über.

„Und – bitte!" hörte ich Lothar.

Die Aufnahme-Session begann.

„Wie ein dunkler Mantel aus blauschwarzem Samt hatte sich die Nacht über die kleine Stadt am Hafen gelegt. Die Sterne funkelten um die Wette, als wollten sie sich gegenseitig in ihrem Glanz überbieten. Und da, direkt über dem hohen Museumsturm, verlösche lautlos eine Sternschnuppe. Ganz oben, im Turmzimmer, war ein leises Schnarchen zu vernehmen. Kaluno lag in seinem Bett, bis zur Nasenspitze zugedeckt, nur die Füße ragten unten heraus ..."

Eine Sichtverbindung zwischen Lothar und mir gab es nicht, und so konnte er nicht sehen, wie ich Kaluno, den Musikwanderer, Willy, den Maulwurf, Putzi, das Schweinchen und all die anderen Tiere und Charaktere vor dem Mikrofon gestenreich ausagierte. Über den Kopfhörer kamen Regieanweisungen und Fehlermeldungen; Lothar war sehr pingelig; der Text, den Susanne, seine Partnerin, verfasst hatte, war ihm heilig, selbst kleinste Kleinigkeiten korrigierte er.

Das Einsprechen der drei *Kaluno*-Kapitel, die ich vorbereitet hatte, ging trotzdem erstaunlich schnell. Wir hörten uns die Aufnahme an.

„Super!" rief Lothar. „Genau das, was wir für die Präsentation brauchen. Ich mische das noch sauber ab, mit Atmo, Klangflächen undsoweiter, das wird echt super."

So richtig zufrieden war ich nicht mit mir, mir fiel die eine oder andere verschluckte Silbe auf, und über allem lag eine gewisse Angestrengtheit.

„Seit wann bist du eigentlich wieder in Deutschland?" fragte ich.

„Wieso?"

„Ich hab was von Neuseeland gehört."

„Wer sagt das?"

„Grizzly."

„Ach, Grizzly – den gibt's ja auch noch. Alte Plaudertasche."

„Erzählt mir jedes Mal, dass er noch Geld von dir kriegt."

„Soll sich nicht so haben. – Ja, stimmt. Ich war 'ne Weile in Neuseeland. Hab da auch den Namen meiner Frau angenommen, also von meiner damaligen Frau. Ich heiße ja nicht mehr Mackenbrock. Boynton. Lothar Boynton heiße ich jetzt."

Lothar zündete sich die nächste Zigarette an.

„Und Juliane?" fragte er. „Gibt's die noch? Habt ihr noch Kontakt?"

„Gelegentlich."

„Geht es ihr gut?"

„Mal so, mal so."

„War da nicht mal was mit Bhagwan?"

„Sie war sogar in Oregon, in der Kommune."

„Ganz entspannt im Hier und Jetzt. Oder im Rolls und Royce."

Lothar lächelte mich an.

„War 'ne scharfe Braut. Jule. Bist du nicht auch wegen ihr Schauspieler geworden? Und hattest gleich 'ne fette Krise, wenn ich mich richtig erinnere?"

Ich überlegte, welche Krise er meinte. Irgendeine Krise hatte ich damals immer.

„Lass uns mal über Geld reden", sagte ich.

„Kein Problem", sagte Lothar. „Also, ich sag dir, wie es ist – im Moment steht die Finanzierung für *Kaluno* noch nicht so ganz. Ist aber im Prinzip kein Problem. Hier in Mecklenburg-Vorpommern liegt das Geld nur so auf der Straße. Stiftungen zum Beispiel, die wissen gar nicht wohin mit ihrer Kohle. Nur – momentan haben wir noch keine Einnahmen. Das ändert sich aber nach der Präsentation nächste Woche. Die *Kaluno*-Geschichte wird ein Renner, glaub mir, ich hab exzellente Verbindungen."

„Gut", sagte ich. „Heute, das war gratis. Starthilfe."

„Dann sage ich erstmal danke", sagte Lothar.

Auf der Rückfahrt hatte ich es nicht eilig. Ich passierte Orte, in denen die alte DDR noch deutlich zu erkennen war, bummelte mit Tempo sechzig über die Landstraße. Viele Bäume am Straßenrand trugen weiß aufgemalte Markierungen, um sie für die Autofahrer besser sichtbar zu machen. Ich erinnerte mich daran, dass der ADAC in den Sechziger- oder Siebzigerjahren gefordert hatte, alle Alleen abzuholzen, wegen der großen Unfallgefahr. In der alten BRD war diese Forderung zu einem großen Teil auch erfüllt worden.

Gut, dass es in der DDR keinen ADAC gab.

Lothar.

Aus dem Nichts war er aufgetaucht, wie er Jahrzehnte zuvor ins Nichts verschwunden war, hatte mich einige Tage zuvor angerufen, ob ich Interesse an einem Sprecherjob hätte.

Kaluno: musikalische Früherziehung in Kindergärten, mit Hörbüchern, interaktiver Website, mit einer bunten Handpuppe als Identifikationsfigur und anderem mehr, ein Riesenprojekt.

Ich hätte Lothars Stimme auf der Mailbox nicht erkannt, gar nicht gewusst, um wen es sich handelte, wenn er nicht zum Schluss gesagt hätte: „Im Übrigen kennen wir uns, weil wir vor vielen Jahren in Lippstadt zusammen Abitur gemacht haben."

Da war mir sein eigenartiges, sauerländisch gerolltes „R" plötzlich wieder präsent.

Vielleicht war mit *Kaluno* ja tatsächlich etwas Geld zu verdienen. Immerhin hatte Lothar mich nicht angepumpt.

Am Himmel erschien eine schwarze Wolkenwand, ein Sommergewitter kündigte sich an, ich wunderte mich, wie schnell es aufgezogen war. Die Allee, auf der ich gerade fuhr, dunkelte ein und bekam, weil es in den Baumwipfeln wetterleuchtete, etwas Märchenhaft-Verwunschenes.

Aus dem Nichts brach der Sturm los, ein ungeheurer Regen prasselte nieder, im Nu war die Fahrbahn von abgerissenen Blättern, Zweigen und sogar von massiven Ästen übersät. Ich sah nichts mehr, die Scheibenwischer schafften das Wasser nicht mehr von der Frontscheibe. Ein Schlag ging durch meinen Golf, ich war über einen dicken Ast, der auf der Straße lag, gefahren. Aus dem Bereich der Vorderachse hörte ich tok-tok-tok, ein übles Geräusch. Ich wurde langsamer und langsamer, pflügte durchs Wasser, das zentimeterhoch auf der Straße stand, hatte das Gefühl, mehr zu schwimmen als zu fahren.

Vor mir tauchte undeutlich die Einmündung eines Feldwegs auf. Dort hielt ich an, machte den Motor aus, stellte meinen Sitz schräg und schlief, während der Regen aufs Autodach trommelte, sofort ein.

Als ich aufwachte, war alles ruhig, das Unwetter hatte aufgehört. Dafür stank es erbärmlich.

Jemand stupste mich an. Ich öffnete die Augen.

Ich lag inmitten von Mist und feuchtem Stroh in einem dämmrigen Schweinekoben. Eine ungeheuer fette Sau schnüffelte und knabberte an mir herum. Von sehr weit weg hörte ich eine Stimme: „Ruhig, Ute, ruhig!"

Die Stimme kam näher. „Ruhig, Ute, sei brav!"

Lothar schaute über die halbhohe Wand des Kobens zu mir herunter.

„Warum kürzt du die Geschichte nicht ab?" fragte er.

Welche Geschichte? Ich versuchte, mich zu konzentrieren.

„Lies das vor. Sofort!"

Eine Manuskriptseite, die auf eine Mistgabel gespießt war, schwebte direkt vor meinem Gesicht. „Kaluno bei den sieben Zwergen" entzifferte ich.

„Das ist ein Scheißtext", lallte ich. „Ich les das nicht."

„Lies! Du willst doch Juliane wiedersehen, oder?"

„W-wuff!" stotterte ich.

Die Buchstaben auf dem Papier vor mir tanzten.

„Wuff! machte der wieselflinke Maulwurf Willy ärgerlich,

als Kaluno aus Versehen in seinen sorgsam aufgeschaufelten Maulwurfshügel trat –"

„Das war nicht gut. Das war überhaupt nicht gut. Nochmal!" flüsterte Lothar und bewegte den rechten Zinken der Mistgabel in die Richtung meines Kehlkopfes. „Denk an Juliane!"

„Ich – ich kann nicht", ächzte ich.

„So – du kannst nicht?" Lothar rammte die Mistgabel in den Stallboden, dass der Stiel zitterte.

„Ute, komm –"

Lothar rollte davon. Eine mörderisch laute Techno-Musik brach los, über die sich Lothars Stimme legte, offenbar sprach er in ein Mikrofon.

„Der Dobersdorfer See ist tief, tief, tief –"

Ute grunzte und wälzte sich auf mich.

Ich hätte nicht nach Dobersdorf kommen sollen. Ich hätte mich nie darauf einlassen dürfen, dachte ich, während Utes prall gefüllte Zitzen über mein Gesicht schleiften.

„Der Dobersdorfer See ist tief, tief, tief –"

Der Techno-Beat wummerte.

Ein Telefon klingelte.

Ich wachte auf.

Ich lag auf meinem Sofa.

Das Telefon klingelte und klingelte. Ich rappelte mich hoch.

„Ja?"

„Hallo, hier ist die Susanne. Du – dem Lothar geht es nicht so gut. Wir müssen wieder in die Klinik, hilft nichts, wir sind praktisch schon unterwegs. Die nächste Aufnahmesession würde Lothar noch irgendwie schaffen, aber wem wäre damit gedient?"

„Niemandem", erwiderte ich. „Lothar muss wieder auf die Beine kommen, das ist die Hauptsache. Wie ist denn die Präsentation gelaufen?"

„Die Präsentation? Was meinst du? Ach so – das hat

nicht mehr geklappt, weil es dem Lothar doch plötzlich so schlecht ging."

„Kann ich ihn kurz sprechen?"

„Besser nicht. Er sitzt draußen im Garten, dämmert so vor sich hin. Es geht ihm wirklich nicht gut."

„Dann grüß ihn mal schön. Und gute Besserung. Ach, was ich noch fragen wollte – wie tief ist eigentlich der Dobersdorfer See?"

„Wie tief? Keine Ahnung – nicht besonders tief, glaub ich. Wieso willst du das wissen?"

„Nur so. Ist nicht so wichtig."

„Tschüss, du. Wir melden uns."

Susanne und Lothar meldeten sich nicht mehr, und ich rief auch nicht bei ihnen an.

Es gab eine *Kaluno*-Internetseite, auf der ich noch ab und zu vorbeischaute. Sie zeigte Kaluno, den Musikabenteurer, in seinem Bettchen, von seiner großen Reise nach Afrika träumend, was an den Giraffen und Löwen zu erkennen war, die sich im Hintergrund abzeichneten. Der Mond schaute weiß und etwas skeptisch durchs Fenster, und unter allem stand: „Unsere Website wird überarbeitet."

Cole Street

Gesa und ich saßen in der *Cole Street* neben dem Lübecker Theater. Die *Cole* ist ein spärlich beleuchtetes Lokal mit Sperrmüll-Ambiente: alte, durchgesessene Sofas und Sessel an niedrigen Couchtischchen aus den Fünfzigerjahren. An den Wänden große Fotos von Thomas Radbruch, darunter der beste fotografische Beitrag zur deutschen Wiedervereinigung, den ich kenne. Schwarzweiß, nachts, körniges Licht von hohen Straßenlaternen. Bildbeherrschend in der Mitte eine dicke, mächtige Säule des Brandenburger Tors. Am Fuß der Säule leere Getränkedosen, Flaschen, Kartonagen. Rechts ein Liebespaar, sich schüchtern berührend, wie aus der Zeit gefallen, in Kleidung und Gestus studentische Sechzigerjahre-Anmutung. Links Menschen, die vorübergehen, nur ein Mann, der stehengeblieben ist, hochblickt und die Säule skeptisch mustert.

Diskrete Lounge-Musik.

Wir tranken Pilsener Urquell.

„Ich habe mir übrigens gestern, als du schon im Bett warst, noch *The Kid stays in the Picture* auf *arte* angesehen", sagte ich.

„Was ist das? Ein Western?"

„Ein Selbstportrait von Robert Evans."

„Robert Evans? Kenne ich nicht."

„Berühmter Filmproduzent. Hat Filme wie *Der Pate* und *Chinatown* produziert, ist aber auch ein paarmal böse abgestürzt. Ganz früher hat er mal Hosen verkauft."

„So?"

„Er erinnert mich an Lothar. Wie Evans wäre Lothar gern gewesen."

Die *Cole* war früher einmal ein Modegeschäft oder so etwas Ähnliches. Gesa und ich saßen in einem der ehemaligen, vitrinenartigen Schaufenster, die den Eingang flankierten. In der Vitrine uns gegenüber saß allein an seinem Tisch ein junger Mann. Die Straßenbeleuchtung brach sich in den spiegelnden Glasflächen.

„Hast du Juliane geliebt?" fragte Gesa.

„Na klar."

„Sicher?"

Ich antwortete nicht.

Ein Krebskranker, so stellte ich mir das vor, wacht jeden Morgen auf und denkt als erstes: Leider habe ich Krebs. Ich hatte morgens als erstes an Juliane gedacht. Jahrelang. Juliane.

Und dann eines Morgens plötzlich nicht mehr. Juliane – die Liebe zu Juliane – hatte sich davongeschlichen. Sie war nicht mehr da.

Wie konnte das passieren? Dass diese Liebe, die ich wie eine heilige Monstranz vor mir hergetragen hatte, einfach vorbei war? Und dass auch der Schmerz einfach vorbei war. Nicht Juliane hatte mich enttäuscht, sondern ich mich selbst. Dass ich zu einem wirklich großen Gefühl nicht fähig war.

Eine riesige Ernüchterung.

Der junge Mann im Schaufenster gegenüber hatte sich über seinen Tisch gebeugt, er stützte das Kinn in die Hände und starrte auf die Straße.

„Trotzdem schade, dass die Jugend vorbei ist", sagte ich.

„Was?"

„Nichts. Tschechow. Fiel mir gerade ein."

„Ach so", sagte Gesa.

Der junge Mann stand auf, verließ die *Cole* und ging in die Nacht.

Über den Autor

Der Schauspieler Werner Klockow, geboren 1956 in Lippstadt, ist seit 2009 Ensemblemitglied am Theater Kiel. Nach einigen Texten fürs Theater veröffentlichte er 2014 den Roman „25 Jahre Schmiere". 2019 folgte der vorliegende Roman „Trotzdem schade, dass die Jugend vorbei ist".